o sabor da fome

Salim Miguel

o sabor da fome

contos

EDITORA RECORD
RIO DE JANEIRO • SÃO PAULO

2007

CIP-Brasil. Catalogação-na-fonte
Sindicato Nacional dos Editores de Livros, RJ.

M577s   Miguel, Salim, 1924-
         O sabor da fome / Salim Miguel. – Rio de
         Janeiro: Record, 2007.

         ISBN 978-85-01-07580-2

         1. Conto brasileiro. I. Título.

                        CDD – 869.93
06-4566   CDU – 821.134.3(81)-3

Copyright © 2007 by Salim Miguel

Capa: EG Design / Evelyn Grumach

Direitos exclusivos desta edição reservados pela
EDITORA RECORD LTDA.
Rua Argentina 171 – Rio de Janeiro, RJ – 20921-380 – Tel.: 2585-2000

Impresso no Brasil

ISBN 978-85-01-07580-2

PEDIDOS PELO REEMBOLSO POSTAL
Caixa Postal 23.052
Rio de Janeiro, RJ – 20922-970

EDITORA AFILIADA

Para a Eglê,
que desde sempre me provoca e incentiva

Por isso estou sem tempo e sem ter conta
sabendo que hei de dar conta do tempo
quando chegar o tempo
de dar conta!

(Sá de Miranda – 1481)

Notinha

Os contos aqui reunidos foram escritos, na sua maioria, em 2003 e 2004. Dois deles, "A cigana" e "Ponto de balsa", em fins do século XX. "O homem solitário" e "Era igual aos outros" há mais de 50 anos, publicados na revista *Sul*, antes que aparecesse meu primeiro livro, e jamais imaginei reeditá-los. Agora, de repente, ao organizar este volume, me lembrei de uma conversa com Graciliano Ramos, em 1950, na Livraria e Editora José Olympio, no Rio de Janeiro, eu falando de *Caetés* e ele, que não gostava do livro, para mudar de assunto perguntou "e você o que faz?" e eu, "tento uns contos". Mestre Graça, com apenas três palavras, marcou-me para sempre: "Não tente. Faça!" Passei a fazer e não parei mais. Publico os dois textos antigos, nos quais mexi bem pouco, para que meu possível leitor avalie se valeu a fala do Mestre.

Florianópolis, janeiro de 2005
SM

Sumário

Mistério no Miramar	13
O sabor da fome I	23
Vestido de chita II	27
Vestido de seda III	35
O vestido IV	43
Entrevista	47
Assalto	55
A diaba da diabete	63
Dona Argemira	67
Versões	75
Livros em chamas	81
Não tá certo	89
A cigana	93
Ponto de balsa	109
O homem solitário	133
Era igual aos outros	145

Mistério no Miramar

Para Ubiratan Machado

Um leve sussurro e o embate de algo na água devolve-ram o rapazote à realidade, interrompendo sua imaginação delirante. Prestou atenção, o sussurrar e o embate continuavam.

Todo amanhecer, alertado pelo cocoricar de um galo da vizinha e pelos bem-te-vis, fazia o mesmo trajeto, curto, em busca do pão quentinho, recém-saído do forno. Nesta manhã, não fora diferente. Antes de chegar à padaria, sentava-se num banco de pedra no Miramar, por uns minutos, envolvido em seus intermináveis sonhos e fantasias. Agora, acabou de se levantar, acariciado pela aragem que substituíra o vento sul, o velho vento vagabundo de ontem, assustou-se ao olhar a água. Atravessou correndo a Praça, ofegante e trêmulo entrou cozinha adentro, onde a mãe preparava o café, e mal conseguiu murmurar:

— Ma-mãe-o-cor-po-o-som...

— Que qui é isto, menino, tá delirando outra vez, cadê o pão?

— O-cor-po-o-som... — repetiu a custo.

Enquanto a mulher ia até o quarto em busca do marido, com o refrão de sempre, "Oscar, vê se vem logo, vê se entendes o maluco do teu filho", o rapaz, ainda tentando se recuperar do susto, pensava, será que devo falar também do vulto adejante que me acompanhou até a frente da casa? Estremunhado, o pai, da porta da cozinha, perguntou:

— O que foi desta vez, Ernani?

— Pai, sabe como é, eu gosto de ver os primeiros raios de sol mordendo a água lá no Miramar, mas desta vez foi diferente, vamos lá comigo, vamos!

Um tanto mais tranqüilo, pegou a mão do pai e insistia, vamos, vamos logo ver o corpo no mar. Enquanto caminhavam, contou, não foi só o corpo, escutei uma voz insistindo, fale com o Franklin. O pai riu, o único Franklin que conheço é o Delano Roosevelt.

Um grupinho incomum para aquela hora se encontrava no local, apontavam, murmuravam. À pergunta do pai esclareceram, o corpo estava bem ali, o caminhão do lixo acabou de levá-lo para o necrotério e o doutor Luís Delfino, médico legista, vai fazer a autópsia. Ninguém sabia quem era, apenas Figueiredo observou: garantir não agaranto, mas outro dia levei um homem no meu carro-de-cavalo até a Biblioteca Pública, ainda brinquei "indo a pé chega mais rápido", ele não se incomodou, queria dar a volta na Praça XV; bem educado, bem vestido, era de poucas falas, só arranquei que ia co-

O SABOR DA FOME 15

meçar uma pesquisa e depois precisava que o levasse até a Escola Industrial.

Como um rastilho de pólvora a notícia se espalhou, todos comentando o fato insólito. Na manhã seguinte foi uma corrida aos jornais. *O Estado, A Gazeta,* o *Diário da Tarde* pareciam haver combinado, ostentavam a mesma manchete: MISTÉRIO NO MIRAMAR. O texto era o óbvio, baseado no laudo preciso e sucinto do médico: cor, altura, idade provável, nenhum sinal de violência, morto há uns três dias, podia ter morrido em outro local, por afogamento acidental ou provocado, o corpo arrastado pelo forte vento sul até o Miramar; sem dinheiro nem documentos, apenas um lenço no bolso e uma pasta de couro, com as letras JCS, amarrada ao pulso. Nos três jornais a imagem do cadáver; *O Estado* conseguira um furo, trazia também a foto da pasta e a reprodução de um desenho encontrado dentro dela.

Oscar e o filho devoraram os jornais, o pai tentando ver de quem seria o desenho, que não lhe lembrava nenhum artista conhecido. Ele costumava freqüentar livrarias, em especial a Rosas, gostava muito de artes plásticas, mesmo assim não queria que seu filho se juntasse àqueles malucos da revista *Sul*.

Consultou a mulher e, com Ernani, se dirigiu à delegacia. Conhecia o comissário Várzea, encarregado do caso, por vezes se encontravam no Poema Bar e no Miramar, para um papo e uma cervejinha.

Começou dizendo que não estava ali por simples curiosidade, tinha uma informação que talvez ajudasse a esclarecer o caso, seu filho fora o primeiro ou um dos primeiros a ver o corpo.

Tímido, sentado na ponta da cadeira, instado a falar, o rapazote a custo conseguiu dizer:

— Misturado ao barulho do mar e do vento, uma voz subia até mim, insistindo "Fale com o Franklin, fale com o Franklin".

— Que Franklin? — interrogou o comissário Várzea.

— Não conheço nenhum Franklin por aqui — retrucou Oscar.

Foi aí que Virgílio, o escrivão, até então calado, embora atento, observou:

— Tem sim, tem o Franklin lá da Escola Industrial.

— Vamos até lá — decidiu o comissário, e voltando-se para pai e filho —; vocês vêm junto.

O Comissário telefonou para a Escola, pediu para comunicarem ao professor Franklin que necessitava falar-lhe e dentro de uma hora estaria lá.

A conversa com o professor foi demorada, com interrupções de ambos os lados, interpolações, dúvidas. Diante da pergunta se ele havia reconhecido o homem, a resposta foi imediata, "que homem?", indagado pelo Comissário se não lera os jornais, replicou "tenho mais pra fazer, não perco meu tempo lendo baboseiras".

— Mas até minha mãe, lá de Canasvieiras, ficou sabendo do caso — disse o escrivão Virgílio.

— Bom pra ela, eu nem sei onde fica Canasvieiras — foi a resposta do professor.

Foram providenciados exemplares no gabinete do Diretor; Franklin observou detidamente a foto, abanou a cabeça, podia-se perceber uma sombra de dúvida em seu semblante, pensou mais um pouco, disse "pode ser que sim pode ser que não, a foto tá muito do ruim, mas afinal a que vem esta preguntação toda, desentendi tudo".

O Comissário ficara sabendo, pelo escrivão e pelo Diretor, que Franklin era de boa paz, embora dado a repentes. Buscou acalmá-lo, esclarecendo:

— Dois fatos me fizeram procurá-lo, o desenho, pelo visto seu, e este rapaz, o Ernani, assustado por ter ouvido, quando avistou o corpo, num murmúrio, as palavras "fale com o Franklin".

— E daí?

— Franklin por aqui só o senhor, não se avexe se mal lhe pergunto, conhece outro?

— Conhecer não conheço, mas porém deve existir.

— E o desenho?

— Aí a coisa muda de figura, desenhar assim por aqui, embora a reprodução esteja pior do que a foto do corpo, só o Martinho de Haro e eu. Só que ele navega no mundo corriqueiro e eu tenho minha própria realidade de fantasmagorias e bruxedos.

— Então reconhece que o desenho é seu?

— Repito, a reprodução é uma merda, mas parecer, parece.

— Mas não tem assinatura...

— Pra que, me diga, lá num cantinho devem estar um F e um C.

— E quanto ao homem?

— Já disse, parece o mesmo, esteve aqui faz uns dez dias. Chegou de tardinha, falando, "tenho uma proposta pra lhe fazer, me informaram que desenha, preciso de seu trabalho, posso pagar", me ofendi, não trabalho sob encomenda, o homem me acalmou, "ofender não quis, seu desenho é imprescindível para minha pesquisa, quem me deu seu nome foi dona Carolina, lá na Biblioteca". Estranhei que dona Carolina tivesse indicado meu nome. Ele explicou, "Ela me disse que seo Guilherme, chefe do setor, não estava e assim eu não poderia examinar os periódicos das quatro últimas décadas do século XIX; que eu voltasse no dia seguinte. A biblioteca estava vazia, ao sair, passou por mim uma jovenzinha que me impressionou e escutei dona Carolina brincar: 'Julieta, já vens de novo buscar peças de teatro?' Em síntese, o homem me ganhou, parecia saído do meu mundo fantástico dos causos que recolho pela Ilha, perguntei-lhe que desenho queria, ele esclareceu 'suas bruxas, com inteira liberdade, a única exigência é nas caras, uma deve lembrar Cruz e Sousa, outra a noiva Pedra, a terceira a esposa Gavita, a quarta, com cinco cabeças: Julieta, Carolina, Cruz, Gavita, Pedra'. O pedido me fascinou, adoro desafios, e o homem ainda acrescentou que meus desenhos, meus causos e bonecos tinham a ver com o simbolismo de Cruz e Sousa, por isso também, como ele, eu só seria reconhecido mais tarde."

— E o desenho? — quis saber o Comissário.

— O homem só saiu daqui levando o primeiro. Mesmo nesta reprodução horrível, com boa vontade dá para perceber o semblante do Cruz.

Todos se debruçaram sobre o desenho e, enquanto o escrivão Virgílio e Oscar cochichavam, o rapazote Ernani se conteve para não soltar um grito, reconhecia agora a figura esvoaçante que o seguira do Miramar até a entrada de sua casa.

— E depois? — voltou o Comissário —, sabe ao menos seu nome?

— Antes da gente se despedir, perguntei se ele era daqui, onde poderia encontrá-lo e o nome. Ele respondeu que era e não era, não tinha pouso fixo, se chamava João, me procuraria, mas em último caso eu deixasse recado com o Araújo, na portaria do Hotel La Porta.

— Voltou?

— Não. Em quatro dias tinha mais dois desenhos prontos; fui deixar recado no hotel. O Araújo não estava e o Santos me disse não saber de nenhum hóspede João. Mostrou-me o livro de registro de hóspedes. Tenho boa memória: lá estavam nomes como Nestor, Andrade Muricy, Tasso, Alceu, Alphonsus, Abelardo, Raymundo, Roger.

— E daí? — insistiu o Comissário.

— Fiquei esperando, não voltei ao hotel, ele não apareceu. O desenho mais trabalhoso ficou no rascunho; agora sou surpreendido com a notícia que vocês me trazem.

— Nisso tudo, como se explica a alucinação do rapazote, ao ver o corpo batendo contra o Miramar, ouvir o murmúrio "fale com o Franklin"?

— É o que eu digo sempre, seo Comissário, embora não queiram me acreditar, são tudo coisas desta Ilha misteriosa e embruxada. E o homem, o João, me disse outra coisa que gravei: "nós somos, cada um de nós, o mundo e quando morremos tudo se acaba, daí a necessidade de deixarmos algo para não sumirmos de vez; no seu caso é o desenho, as histórias, no meu a pesquisa para recuperar o Cisne Negro que merece ser mais bem reconhecido."

— Mas a realidade é outra coisa, Professor — disse, taxativo, o Comissário —, eu lido com fatos, com o concreto. Por hoje basta, quem sabe tenhamos de conversar outra vez.

Enquanto o comissário Várzea foi procurar Santos Lostada, motorista do caminhão-do-lixo, o escrivão Virgílio procurou ouvir Araújo e Figueiredo.

Lostada foi direto:

— Era manhãzinha, não havia qualquer viatura por perto, os dois soldados pediram-me que transportasse o corpo para o necrotério; fiz o serviço e não sei de mais nada.

O escrivão não teve melhor sorte, Araújo confirmou que o homem lhe pedira que anotasse recados, pois não queria ser interrompido durante a pesquisa na Biblioteca Pública e Figueiredo apenas repetiu o que já dissera.

Mas ambos, Virgílio e Várzea, não desistiram facilmente; foram ao La Porta examinar o registro de hóspedes. Os dois tinham suas leituras, e ficaram se perguntando por que apenas Andrade Muricy figurava com dois nomes. Brincavam: vai ver o Nestor é o Vítor e o Alceu, o Wamosy.

A investigação continuou ainda por uns dias. Como nada de novo surgisse, o caso foi encerrado e o corpo, enterrado como indigente.

A conversa com o professor, que Ernani acompanhara calado, deixou sua mente fervilhando. Num anoitecer, pouco tempo depois, sentado no mesmo banco de cimento do Miramar, folheando *Broquéis*, de Cruz e Sousa, adquirido no sebo da livraria Rosas, tentou ler a epígrafe do livro: *"Seigneur, mon Dieu! accordez moi la grâce"* ... e ficou satisfeito ao encontrar no pé de página, em letra cursiva, o texto em português: *"Senhor, meu Deus! concedei-me a graça de produzir alguns belos versos que provem a mim mesmo que eu não sou o último dos homens, que eu não sou inferior àqueles que eu desprezo"* — Baudelaire, depois os primeiros versos da *Antífona:* "Ó *Formas alvas, Formas brancas, Formas claras/ De luares, de neves, de neblinas!..*", folheou mais um pouco o livro e se deparou com *Velhas tristezas:* "...*Murmúrios incógnitos de gruta/ Onde o Mar canta os salmos e as rudezas".*

O tempo mudava, céu plúmbeo, prenunciando vento sul. Ernani quedou pensativo. Súbito um grasnido fez com que erguesse os olhos: uma bruxa enorme, com cinco cabeças, em vôo rasante pela Praça XV, adejou sobre ele e no mesmo instante se perdeu para os lados da Ponte Hercílio Luz.

Ernani sacudiu a cabeça várias vezes, enquanto ressoavam nítidas as palavras do professor Franklin, ditas quando o encontrara pela primeira vez: "Neste mundo absconso, como disse o Poeta, há mais coisas entre o céu e a terra do que sonha nossa vã filosofia."

O sabor da fome I

Terminaste a frugal refeição, que vai ser completada com frutas. Ficas indeciso, ontem foi a vez do mamão, te lembras do que costumava repetir pai Otávio, avô de tua mulher: mamão bom só do Nordeste, regular do Sudeste, no Sul só com açúcar. Hoje, nem com muito açúcar, embora o aspecto tão mais apetitoso.

Observas a mesa: uva, goiaba, tangerina, que pode também ser chamada de vergamota ou mexerica. Todas muito bonitas, mas pouco saborosas. Não faz muito, na feirinha, em conversa com seu Mané, dizias que durante anos andaste em busca de marmelo, saboreado na meninice, e que decepção ao não sentires absolutamente gosto nenhum, e o homem, bem falante, mais que rápido, "era o sabor da infância e da fome, meu amigo, marmelo só pra marmelada".

Necessário decidir. É a goiaba, das vermelhas, grande, lustrosa, tentadora, embora temas o gosto de nada. Mal lhe cravas os dentes, és transportado para Biguaçu, tens uns 13 anos, acabaste de pular o muro que separa tua casa da chácara de seo Galiani, olhas para um lado e outro, ninguém à vista, rápido trepas na goiabeira e ao mesmo tempo em que abarrotas os bolsos com frutas maduras e de vez, enches a boca em dentadas vorazes. Ouves latidos, deslizas pelo tronco, disparas, quase sem fôlego, goiabas escapando dos bolsos, saltas o muro.

A chácara do italiano era enorme, podia quase abastecer a população do lugar, mas o homem quase nada vendia ou dava, os frutos atapetando o terreno, o adocicado odor putrefato atravessava casas e ruas e não só penetrava pelas narinas, como enchia a boca de saliva.

Seo Galiani raramente saía do casarão murado e, quando entrava na venda, teu pai já sabia o motivo. A conversa era rápida e a reprimenda demorada; tu eras um dos mais visados, não conseguindo fugir à tentação. As peladas, os banhos de rio, as correrias, nem mesmo a leitura te saciavam. Para evitar problemas o pai te mandava comprar peixe fresco e camarão seco em Ganchos ou até Alto Biguaçu trazer dos Reitz batata, milho, aipim, um saco de farinha de mandioca. Botavas o Sultão na carrocinha e te tocavas, imaginação à solta, mais veloz do que o pangaré de tantos anos e tantos serviços prestados à família.

Retornando, teus devaneios sumiram à vista do engenho; bateste na casa ao lado, a filha de Firmiano, mulatinha sestrosa, botando corpo, peitinhos brotando do vestido de chita, alerta "papai taqui o rapaz da cachaça" e te manda entrar. Seo Firmiano já vinha com uns garrafões num caixote de sabãoWetzel, meio derreado com o peso. Ele te manda sentar, puxa conversa, oferece um gole, insistindo, "prova, já tens idade", brinca "aquele povo da venda de teu pai acaba com a minha cachaça", tu meneias a cabeça; da porta, a guria te encara zombeteira. Hoje, um hoje perdido no tempo e na memória, não resististe, ao primeiro gole engasgaste, olhos cheios de lágrimas, enquanto Firmiano e a filha riam, o segundo gole caiu menos mal, a mocinha providenciara umas rosquinhas de polvilho.

Firmiano bota o caixote na carrocinha, recomendate cuidado, falando "qualquer hora apareço na venda do teu pai, para uma prosa".

Sultão parecia ter asas, a carrocinha voa, vês bem pertinho o céu, longínquas as casas da vila. Não demora o alto do morro, a descida veloz, um baque brusco: quase cais de tua cadeira, com metade da saborosa goiaba na mão; tua mulher, que estranhara o silêncio, pergunta assustada "o que foi homem?" e tu apenas repetes: "nada não, nada não".

Vestido de chita II

— Ocha, será possível, fiquei invisível, tou vai pra uma hora aqui...

— O quê?

— Nada não, estava pensando em voz alta.

— Desculpa, me distraio, eu ouvi um "invisível".

— Isto mesmo, ouviu certo, eu podia ter saído com o que quisesse e nem te davas conta.

— Desculpa, por vezes me perco em meu mundo particular, todos nós temos, a senhorita, não.

— Deixa de frioleiras, que senhorita que nada, vais me dizer na bucha, "desculpa, não sei quem és..."

— E não sei mesmo.

— Nem faz tanto tempo assim, terei mudado tanto e tu, não?

Se explique.

— Te explica, acho bom acabares com o tom cerimonioso.

— Tá bem, te explica, agora começamos a nos entender.

— Esse "nós" é precipitado. De nada consigo me lembrar, me parece um diálogo de surdos.

— Surdo é quem quer, o vestido de chita nada te diz.

— Um vestido é um vestido, de chita ou da mais fina seda.

— Mas um corpo dentro de um vestido é outra coisa e se este corpo estiver em plena floração...

— Agora estamos no momento das frases poéticas...

— Que frases poéticas, cara pálida, estou tentando te puxar para um ontem.

— Me desculpa se continuo sem te entender, o tempo passa.

— Não, o tempo jamais passa, é sempre o mesmo, nós sim passamos, mas repito, do que te falo foi ontem, tua memória nada retém, nada resgata.

— A memória, ah, a memória, ela é um poço sem fundo que escamoteia o que gostaríamos de resgatar e revela o que desejaríamos escamotear.

— Literatice. Avanço outro pouco, se não te alembras do vestido de chita, o nome Fermiano ou seo Fermiano te diz alguma coisa?

— De momento, não. Me dá um tempo?

— Te dou. Te dou tudo que quiseres, ocha, que dificuldade, afinal foi ontem.

— Pelo que começo a recordar eras quase muda, só risos sardônicos e olhares compridos.

O SABOR DA FOME   29

— Que nunca foram correspondidos, nem daquela vez.

— Vez, que vez.

— Será possível, te esqueceste mesmo ou finges pra que eu...

— Pouco importa, se queres e tens o tal de teu tempo te revivo tudinho e minha frustração de mocinha sapeca.

— Fala.

— Falo. Foi num certo dia, tu apareceu, meu pai não estava, minha mãe na cozinha de onde nunca saía, querias umas garrafas de pinga, como sempre. Eu te disse "me acompanha vamos lá no alambique, temos que encher uns garrafões de cinco litros, sei que teu pai quer da amarelinha, não é batizada, é envelhecida", relutaste mas acabaste indo. Queres mais ou te alembras do resto.

— Que resto, me diz.

— Agora percebo, eras tímido, arisco, xucro, desconfiado.

— Bom retrato.

— Eu quieta, um fogo lá dentro me consumindo. Mocinha mal estudada mas intuindo, ficava vendo os animais no cio e imaginava. Tás me provocando com teus silêncios, tuas cutucadas de meias palavras.

— Tou não, me esclarece, tás imaginando.

— Pode ser, mas viver pela imaginação é insuficiente, a vida pede, exige, eu bem podia, tinha primos, tinha vizinhos, mas porém, ah, sim, tava até prometida num arranjo de família prum primo distante, mas eu não queria ele, nem ele me queria, macho insuficiente pro meu fogo, outro dia encontrei ele de braço dado com um homem, ao contrário de ti me reconheceu logo, riu e achegou mais pro homão dele. Queres mais, diz quero.

— E se não quiser...

— Mesmo assim vou adiante, necessito desabafar, me livrar, se me entendes.

— Tudo bem.

— Tudo bem nada, tudo errado, fechei a porta do ranchinho, fui até o alambique, voltei, uns goles num caneco de barro, te disse "prova e vê pelo sabor macio se é desta que teu pai quer", recusaste com um meneio de cabeça, bebi eu tentando te provocar, disse "já que não provas vamos encher o garrafão, me ajuda aqui", peguei nas tuas mãos, a cachaça começou a penetrar, barulhinho gostoso, uns pingos molhando o chão lamacento, o garrafão transbordou, pegamos outro, tu suavas, tremias, insisti "toma um traguinho, melhoras", como quem tropeça e vai cair me apoiei em ti, te abracei, sentia teu corpo através do meu vestido de chita, momento inesquecível, minha carne fremia...

— Que imaginação, quase doentia.

— Imaginação merda nenhuma, o que te conto faz parte de mim, do meu passado de ontem, jamais sairá de dentro de mim, teu tremor, teu suor forte, teu temor...

— Depois...

— Não houve depois. O depois é o que eu queria. Não agüentei aquela vida, fugi, a pé, até Biguaçu, de ônibus até Florianópolis, quis ver o mar de que eu sabia a existência, mas quando perguntava ao meu pai ou minha mãe eles diziam é uma água um pouco maior. Ao passar pela ponte Hercílio Luz foi um alumbramento, eu só ouvia falar dele, nem tinha como imaginar aquele mundão se mexendo, na minha casa a água era da chuva, de um poço no terreninho e do riachinho lá adiante, onde eu ia molhar as mãos, o rosto, e os pés. Um dia me atirei, senti o corpo grudado na fazenda, contornando minhas formas, foi uma sensação inesquecível, fiquei ali estirada e nem te digo o quanto foi gostoso, assim fui até em casa como se alguém estivesse grudado em mim, tu, por exemplo.

— Escreves?

— Que escrever, quero viver, escrevendo queremos transferir para o papel aquilo que não temos coragem de realizar.

— Bonita frase.

— Nem vem com essa, não me goza.

— E agora, o que tu fazes aqui?

— Não faço o que tu estás pensando.

— Como é que sabes o que eu estou pensando?

— Não preciso de muito esforço, vejo na tua cara.

— Não tive qualquer intenção, mas me desculpa.

— Te entendo. O que pensar da matuta maluquinha que nunca tinha ido nem a Biguaçu, sonhando sonhos impossíveis, de repente com uns trapos na maleta e uns milréis, se toca para uma terra da qual nem sabia ao certo o nome.

— E daí?

— Daí que desci do ônibus no lado da Alfândega, olhei pro marzão calminho, me aproximei, molhei as mãos. Doidinha pra me atirar nele, fui pro lado do Miramar, sem coragem voltei, fui até o Mercado Público, tava com fome, pedi um pão com salame, não sabia pra onde ir nem conhecia viv'alma, caminhei, sentei debaixo da figueira, pensei, e daí...

— E daí?

— Daí que ia passando uma velhinha, me viu com a maletinha e aquele ar desconsolado, sentou, foi perguntando o que fazes aqui filhota e eu, nem sei, resultado, disse que morava com uma irmã inda mais velha, a governanta havia ido embora, precisavam de alguém, eu nem sabia o que era governanta, aceitei, estou lá até hoje.

— Que loucura!

— Que sorte, quando conto, as pessoas pensam que estou inventando, tu também por certo.

— Eu não, este mundo é cheio de surpresas, mistérios e fantasias.

— Pois sempre digo o mesmo, agora de noite estudo na Academia do Comércio e nem penso no amanhã, o futuro é o futuro, ah, sim, antes que me esqueça, um dia tu apareces na casa, tinha uma papelada que as velhinhas precisavam preencher, me chamaram pra servir um cafezinho e da mesma forma que aqui quando entrei, embora logo tenha te reconhecido, parece que me torno invisível, cheguei, e de tão tão nervosa derramei o cafezinho no pires, elas me recriminaram e tu, nada.

— Agora, sim, me recordo, as velhinhas queriam viver no passado, esquecer o presente, nem faz tanto tempo, é que a memória nos prega peças, eu trabalhava no IBGE, no censo demográfico e...

— Não tem jeito, de novo me torno invisível, pra mim basta, me vou...

— Não, me desculpa, espera...

Vestido de seda III

Os aplausos e os pedidos de bis reboavam pelo amplo espaço do Canecão. Clara Nunes reapareceu, fez-se silêncio e a voz modulada, suave, ecoou, novamente prendendo a atenção de todos aos primeiros versos. Outra vez os aplausos e os agora inúteis pedidos de bis.

O homem estava se levantando quando ouviu as primeiras palavras.

— Bela voz e belo espetáculo, não lhe parece...

Sem retrucar virou para o lado, observou o casal bem vestido, ele de terno de linho, gravata combinando, ela de fino vestido de seda modelando o corpo de uns cinqüenta anos.

— Sua mulher não veio.

Era novamente a mesma voz que acrescentou: "ah, deixe que lhe apresente meu marido."

— Prazer.

— De novo, parece, estou invisível, se lhe falar de um vestido de chita e das velhinhas será que me corporifico e sua memória se reativa, me diga.

— Me desculpe...

— Eu sabia, faltava como sempre o eterno "me desculpe", pra ser franca, não estou disposta, desta vez, a desculpar.

Nesse momento se ouviu a voz do marido, que apenas murmurou um vamos embora, ao que a mulher retrucou, "nós vamos tomar um chope naquele barzinho, nos acompanha?" Nem sabe bem por que, mordido pela curiosidade, em vão forçando a memória, o homem abanou a cabeça num gesto concordativo. Estava de passagem, sozinho, tentara contatar amigos sem o conseguir, a curiosidade mordiscava-o, a mulher parecia saber de sua vida.

Não iam conseguir mesa no barzinho, mas o casal era conhecido. Durante o curto trajeto feito a pé, a mulher mudara de assunto, falando das transformações por que passara o Rio desde que eles haviam chegado, mas nada impedia que continuasse sendo uma cidade fascinante, ainda mais agora que se fora o pesadelo da ditadura. Perdido em seus pensamentos, o homem viajava tentando enxergar um fiapo de luz. Até que, empunhando o caneco de chope, novamente ouviu o mesmo refrão: "se o vestido de chita nada lhe diz com ou sem as velhinhas, de que maneira eu (e batia no peito, repetindo o "eu") me torno invisível..."

— Oh, me desculpe, eu estava imerso em meus pensamentos e a surpresa...

— Vamos fazer um trato, eu adianto algumas coisas desde que desapareça o "me desculpe..."

O marido, já conformado, riu enquanto esclarecia, esta minha mulher não tem jeito, vê se você se esforça e lembra, ou então não saímos hoje daqui.

— Assim é meu marido, direto, objetivo, eu não, divago, que desde o primeiro instante nos aproximaram as diferenças, e vêm nos aproximando cada vez mais, agora ele disse até amanhã, mas eu replico que o hoje já é amanhã, como poderia o hoje ser ontem.

— Começo a reconhecer você que adora frases de efeito...

— Que frases de efeito, cara pálida, eu sou eu e pronto.

O marido pediu outro chope, beliscou o bolinho de bacalhau, riu, enquanto a mulher se mexia na cadeira, querendo sem querer retrucar, mas foi o homem quem recomeçou, como quem relembra, acionada a memória.

— Foi a única vez em que conversamos, embora tivéssemos nos visto duas três vezes antes.

— Perfeito, passei outras vezes pelo local onde você trabalhava, só que como sou invisível, não adiantava entrar.

— Continue.

— As queridas velhinhas e eu nos afeiçoamos, insistiram para que eu voltasse a estudar, não tinham ninguém, nem eu.

— E seus pais?

— Faziam parte de um outro mundo, nem querendo em algum momento senti saudade, me é impossível visualizar a cara deles, ainda que a casinha de madeira se mantenha intacta, bem como o sabor da caninha envelhecida, com seu amarelo dourado, que busco inutilmente.

— Será que vamos outra vez... — começou o marido, mas a mulher interrompeu com som, mais alto, deslembrando a voz suave que lembrava Clara Nunes e foi dizendo.

— Preciso desabafar, você sabe disto, e o momento é agora ou nunca.

— É agora — incentivou o homem, sem prestar atenção para o olhar ressentido do marido, que pedira outro chope e trocara o bolinho de bacalhau por uma fatia de queijo.

— Então desabafa.

— Terminei o curso na Academia do Comércio, queria trabalhar num escritório, elas não concordaram, já haviam contratado uma cozinheira de forno e fogão, conforme se dizia, eu lia um pouco para elas, jornais e revistas, raramente um livro, ia às compras, administrava a casa, as contas, a aposentadoria, a caderneta de poupança, marcava as periódicas visitas ao médico, saía bem pouco, praticamente não tinha amigas, vez por outra ia a um cinema ou pela noitinha dar um passeio na Praça Quinze, mas não no meio da praça.

O SABOR DA FOME   39

— Você começou a traçar um quadro quase perfeito.

— "Quase" por quê? me diga; eu vivi aquilo, certa noite eu e uma amiga fomos andar pela rua principal e nos afastaram, porque aquele era o mundo dos classe A. Outra vez, no meio do jardim, fomos agarradas e tivemos de fugir correndo.

O marido olhou para o relógio, repetiu o chope, a mulher nem parecia estar ali, enquanto o homem queria mais, também ele recuara, perdia-se imerso numa história que era e não era a dele, para usar uma frase típica da mulher.

— Continue — incentivou-a. Nem havia necessidade.

— Ao que me lembre, nem é segredo, meu marido sabe de tudo, tive apenas um namorado, quase noivei, nem sei se gostava dele, falei pras velhinhas, me animaram, eu era a sobrinha que não tinham, se me casasse podiam ter um neto, começamos namorando no portão, logo elas permitiram que ficássemos na sala, ambas tricotando, torcendo para que tudo desse certo. Não deu.

— Te explica logo — pediu o marido, ao mesmo tempo que olhava o relógio e pedia mais um chope. O bar se esvaziava, o homem na expectativa.

— O rapaz recusou morar na casa, eu não podia nem queria deixar as duas e sem um simples adeus ele sumiu, pra falar verdade nada senti, ou quase.

— Não entendo.

— Nem é pra entender, são os caminhos e descaminhos da vida eu nem sabia o que buscava, se é que buscava algo. Gosto de repetir que o tempo não passa, passamos nós, e as duas que pareciam iguais, os anos escorrendo sem mexer nelas, de repente chamaram o cartorário, o médico que as atendia, nem me haviam consultado e iam deixar em testamento tudo para mim, se não como não tinham parentes iria tudo para o governo. Foi feito o testamento, com o médico afirmando que ambas estavam em plena lucidez e ninguém as havia forçado a praticar aquele gesto. Pelo visto haviam pensado muito e combinado tudo antes, duas vizinhas assinaram como testemunhas. Não demorou muito o triste desenlace: certa noite, era inverno, me abraçaram como de hábito, foram deitar-se, na manhã seguinte, como demoravam a pedir o desjejum, expressão usada pelas duas, a cozinheira foi chamá-las, voltou aos prantos dizendo "elas se finaram como um passarinho", outra expressão das velhinhas, que jamais diziam morreu ou faleceu.

Sua voz falha, todo o corpo da mulher estremece, ela aperta as mãos, respira fundo, sumida toda a segurança que até então demonstrara, tenta em vão pegar o caneco de chope, o marido pede que ela se acalme, "deixa que eu continuo", com meneio de cabeça ela diz "não" e num esforço, que vem do mais profundo do ser, murmura "não, não". O homem espera, o silêncio parece dominar o ambiente, não se escuta um som, um arrastar de cadeira, uma voz, até que ainda titubeante a mulher diz:

— E agora vem o pior, nem um mês decorrido fui chamada pela justiça, havia duas denúncias contra mim, eu havia assassinado as velhinhas, depois de em conivência com o médico, que ora insinuavam ser meu amante ora ter recebido polpuda soma para confirmar que elas estavam plenamente lúcidas, isto para me apropriar do que elas possuíam e que de direito devia caber a um parente distante, milagrosamente desencavado não se sabia de onde. Para complicar mais, o médico estava pela Europa, com uma dessas bolsas de laboratório farmacêutico e pretendia se demorar visitando o país de sua origem, o Líbano, só deveria retornar dentro de uns dois meses. Eu praticamente não fizera amizades e duas vizinhas depuseram contra mim. A cozinheira, companheira e amiga, sugeriu que eu contratasse um advogado, relutei. Havia mais, um alcagüete disse que eu andava acolhendo comunistas, era o governo Médici, a polícia invadiu minha casa e, embora nada encontrasse, fiquei sob suspeita, a saída foi mesmo contratar um advogado, ei-lo — e apontou para o marido.

Antes que a mulher continuasse o marido se antecipou, foi dizendo que ia resumir, caso contrário nem na semana seguinte sairiam dali — e olhe que estamos numa terça.

— O direito dela era indiscutível, mas o processo podia se estender por meses ou anos, ainda mais com o complicador da polícia, por sorte nesse meio tempo o médico retornou, o pretenso parente jamais conseguiu provar coisa alguma.

— Ganhei a ação e um marido, mas a situação se tornara insustentável, eu nem podia sair à rua, a solução foi vender a casa com tudo que tinha, conservei apenas um escrivaninha centenária, um relógio de parede que vai completar duzentos anos e que de segundo em segundo dá sinal de vida, lembrando-nos que estamos nos encaminhando para o nosso limite.

— Por que o Rio? — perguntou o homem.

— Meu marido estudara aqui, eu sonhava com um lugar onde pudesse permanecer anônima, sair sem que ninguém me apontasse ou olhasse enviesado. Temos uns poucos amigos e isso nos basta, procurei apagar o passado que se gruda na gente que nem visgo. Mas o passado é implacável, é como um novo ciclo que se fecha para que outro se abra, eis que o inesperado outra vez nos aproxima.

— Me desculpe se fui eu o motivo de todo este desabafo.

— Sabia que antes do final, se é que temos um final, eu teria outra vez um me desculpe, não é caso de desculpar, é o destino, embora nada sintamos um pelo outro, nossa sina é nos enfrentarmos em momentos que podem significar tudo ou nada.

O vestido IV

Flutuo num túnel sem começo nem fim até que, em determinado momento, chegarei ao definitivo nada. Fragmentos do que fui, por vezes incongruentes, surgem e somem podendo ou não reaparecer.

Na praia da Saudade, cautelosamente boto um pé na água, o outro, avanço, as águas lambem meus joelhos, não resisto, me atiro, sinto braços me acariciando enquanto o sol de pleno verão me belisca por todo o corpo, embora não saiba nadar avanço mais, afundo, me ergo e começo a caminhar sobre as águas em direção à ilhota de Vinhas, não quero, algo que foge ao meu controle força meu caminhar, luto, me viro e como um petardo o grito uníssono me atinge, milagre, milagre, mi... num átimo estou na sala de aula, enquanto tento decifrar o que está escrito, um colega, que fez questão de sentar ao meu lado e me ganhar, ao mesmo tempo que se oferece para me ajudar, sussurra, sabias, esta professora de francês é comunista, nem tenho como retrucar, as batidas na porta e os agressivos berros de "abra em nome da lei antes que arrombemos a porta" e, mal dá tempo para a cozinheira obedecer, um bando de homens armados começa a vasculhar a casa e repetem "melhor mostrar logo onde esconde o material subversivo", armários são esvaziados, arcas arrombadas e nada encontrando ameaçam "isto não vai ficar assim", há um foco luminoso e dentro dele, com suas vestes mortuárias, se corporificam as duas velhinhas, olhos faiscantes, numa agressividade que não era delas abrem a boca e gritam, a voz uma só, "rua, rua, na minha casa não, que tramóia é esta?", estendem os dedos e chispas flamejantes envolvem militares e civis, que embora se esforcem esbravejando não conseguem nem se mexer, quanto mais escapar, até que os quatro braços e os vinte dedos se recolham e se retirem, enquanto eu desço do ônibus que me trouxe de Biguaçu, estou perdida sem contudo me arrepender da decisão.

Volto a flutuar, nem sei se avanço ou recuo no imensurável túnel, nem demora estou sobrevoando a Ilha, noitinha na rua da classe A, rapazes encostados nas casas, começa o footing, mocinhas circulam se exibindo, dizem "teu lugar é circulando o jardim ou quem sabe te oferecendo dentro dele", a discriminação é evidente, mas dá vontade de retrucar, e vocês se oferecendo como vacas em busca de comprador, mas me apago, volto a flutuar, nem é mais a Ilha, agora sim a metrópole, meu marido aponta "olha o apartamento, aqui vamos morar, seguros, vou trabalhar num escritório de advocacia e tu podes fazer um curso", a cozinheira, só que a cozinheira que entrevejo é minha mãe se esfalfando, destampando panelas, jogando mais lenha no fogão de barro, eu no quintalzinho atenta ao fato de que o galo canta e cisca buscando uma galinha, meu pai me chama, estamos indo para a mesa, são mais moços do que eu.

O nada me atrai, me puxa, luto, reluto, preciso mais tempo, tento me livrar do vestido que nem escolhi nem quero.

Meu marido, grossas lágrimas escorrendo, se debruça sobre meu rosto, me beija na testa, nos olhos, na boca, suas mãos sobre as minhas cruzadas, coisa alguma sinto, ainda que me esforce.

Percebo que o inevitável nada me toma em definitivo, falta uma imagem para que o ritual se conclua: Estou na porta que separa a cozinha da saleta, olhos compridos e riso sardônico, lá estou eu querendo nem que seja uma única vez me tornar visível para o rapazola, que nem me vê, invisível que continuo sendo, enquanto meu pai insta o rapazola a tomar um gole da saborosa aguardente — e é exatamente neste momento que o vestido negro me cobre toda e eu passo a ser parte do nada.

Entrevista

Para Valdomiro Santana

"O que quiser fazer por mim, que faça agora", pede Nelson Cavaquinho, e justifica, pouco ou nada significam aplausos e afagos quando ele não estiver mais por aqui. Entre sono e vigília, me espreguiço na cadeira, atento à melodia, à letra, à voz roufenha que me envolvem, não percebo ou me esforço para nem perceber o som que fere a harmonia daquele instante; insistente o som prossegue, some, volta, em dado momento intuo que é pelo telefone, não o de Donga, resisto, mas o som é implacável e só se satisfaz quando, com uma voz que nem parece a minha, grito alô.

— O senhor é o senhor... — me perguntam.

Retruco "me parece que sim, pelo menos vai pra cem anos dizem que eu sou eu".

Com um suspiro de alívio, a voz jovem esclarece que necessita muito conversar comigo, mas conhecidos meus afirmavam que o eu, com quem aquela voz entre tímida e audaciosa falava, não era de fácil trato. Logo intimidado, arrependido pelo que dissera, se cala.

Movido pela curiosidade, impulso que move o mundo, eu deixei escapar, e daí, continue, dos conhecidos Deus me livre que dos desconhecidos me livro eu.

Mais animada com a abertura que eu lhe dera, a voz, ainda quase sem modulação embora mais firme, insiste "preciso muito conversar com o senhor". Cada vez mais acicatado pela curiosidade, persistindo naquele jogo que não sei até onde me levaria, perguntei a propósito do quê.

A voz, vislumbrando uma luz no fundo do túnel, arrisca "pelo telefone é difícil, podia marcar um dia"; ao lhe perguntar quando, como um tiro certeiro ouvi um hoje, respondi com um impossível, embora nada tivesse para ocupar meu tempo, então amanhã, também não, depois de amanhã, idem, que dia, o dia de São Nunca. Nem sei se uma espécie de soluço ou um urro de animal ferido embargou a voz, temi que desistisse, jamais me perdoaria, gritei, tudo bem, estamos na segunda, pode ser na sexta pelas dez horas ou no começo da tarde, ouvi um suspiro acompanhado de um sim.

Não havia mais clima para o Nelson Cavaquinho, nem para os outros, Noel Rosa, Lupicínio Rodrigues, Paulo Vanzolini, Adoniran Barbosa, Pixinguinha, Dorival Caymmi, Jacob do Bandolin, Paulinho da Viola, que viriam depois, eu estava na semana da música popular brasileira. Agora, inquieto, era esperar a sexta-feira, me arrependia de não haver marcado para hoje, afinal o que tem para fazer um aposentado que se aproxima dos cem e do inevitável.

Chovia, eu não dera a tradicional caminhada pela praia, pés na água, magicando atento ao marulhar e às invisíveis ondas, esperando o vento; pensava no que fazer, quando a voz se corporificou. Se fosse na metade do século XX, eu não teria receio em afirmar que o outro, o recém-chegado, se encaminhava para a velhice, num átimo me lembrei do grupo de adolescentes que, depois do Marques Rebelo se recolher, repetia emocionado a cada noite, como num refrão, "êta velhinho legal", muito embora o velhinho legal mal tivesse chegado aos quarenta anos.

A voz, que reconheci-desconhecendo, firme e taxativa, cumprimentou-me com um "bom dia" e ouviu, "boa chuva e, se não fosse o aguaceiro, eu diria 'boa madrugada', vamos, já que está aqui, entre, sente"; enquanto se acomodava ia dizendo "nem sei como lhe agradecer, mas eu tinha absoluta necessidade de ouvi-lo". E eu, com a mania besta que me acompanha desde que me entendo por gente: "agradeça à dona curiosidade".

Fez-se um silêncio ensurdecedor, que rompi com um estilete afiado, fale logo ou se mantenha calado para todo o sempre. Titubeou, com medo de não conseguir explicar ao que viera, como um dique que se rompe veio tudo num jorro, por vezes incoerente mas que acabava por adquirir certa coerência, "preciso entrevistar o senhor. Me desculpe, sou jornalista sem jamais me profissionalizar, quer dizer, sem carteira assinada, vivo dos frilas que faço, aceito qualquer pauta que me passem, já fiz matéria a respeito de praticamente tudo, necessito de um mínimo para sobreviver, respeito e até invejo aqueles que passam anos jungidos a um emprego fixo, cada um é o que é, veja como exemplo seu caso, me desculpe se não me expresso direito".

Olhou para a sala como se só agora se desse conta, quadros nas paredes, o toca-discos, revistas e livros, aberto em cima da mesa um grosso álbum sobre Drummond, indeciso, queria mas não sabia como recomeçar, dentro dele certamente um "devo" se avolumava, eu quieto, fingindo indiferença, porém ansioso, esperando.

O se desejar continue me saiu numa voz neutra e ele disse "sim-sim, vou logo continuar, apenas busco a melhor maneira de fazê-lo, penso, devo antes falar de meu propósito ao vir procurá-lo..." parou antes de engrenar, disse "um começo pra mim é sempre muito complicado, as idéias não se concatenam, isso tanto num papo quanto num texto, mal sei como começar, até que uma palavra com seu som, seu cheiro, sua textura, seu sabor peculiar venha e possa harmoniosamente se fundir a outra que veio antes ou virá após, daí em diante é fácil prosseguir".

Parou pela undécima vez, mirou-me, mirei-o, só neste exato momento me dei conta de que o outro viera andando, debaixo da chuva, contudo estava enxuto, sem ter sido atingido por uma gota que fosse.

"Já lhe disse faço de tudo no jornalismo, mas se pudesse trabalharia apenas com fatos insólitos, fantásticos, que nada tivessem a ver com o insosso feijão com arroz do nosso corriqueiro dia-a-dia, durante meses andei buscando uma bruxa das centenas que afirmam povoar esta fantasiosa Ilha, mas cadê a migalhinha que devia me tocar, embora eu tenha lido-relido os textos do chamado bruxo Franklin Cascaes; passei quase um mês numa ilhota, tentando em vão encontrar o chamado solitário que dizem lá vive vai pra vinte anos, mas ninguém o enxerga. Agora indo ao que de fato interessa, um dos motivos que me fizeram procurá-lo, também algumas vezes buscou ou se deparou com o inusitado, basta citar a matéria com o solitário de Dona Ema, o húngaro Alexander Lenard, médico, pianista, escritor, que traumatizado pela segunda Grande Guerra ali viera se esconder, certo de que Dona Ema seria uma das raras áreas não afetadas por uma guerra atômica. Pode me explicar como chegou até ele?"

Interrompo o outro com um seco nada a explicar, veio me procurar só por isso, me tirar de minha música, minha paz, meu isolamento... e aí foi a vez de o outro me interromper, com uma frase que me soou conhecida, a curiosidade não é ela que move o mundo, fazendo com que avance ou recue, eu fiquei surpreso, pois o final da frase não me pertencia.

Calados, alertas, nos observando, eu buscava algo perdido no mais profundo de meu ser, tentava relembrar em que priscas eras vira — se é que vira — aquele rosto anguloso, ouvira aquela voz rascante, percebera aqueles braços que mal se moviam, por certo o outro buscava também adivinhar meus pensamentos, perguntei-me se estaríamos cumprindo um ritual, foi o telefone que me devolveu ao mundo real, desta vez me apressei em atender, a conversa se prolongou por minutos, quando me virei não havia ninguém na sala, pensei, foi ao banheiro, não tinha ido; quem sabe uma olhadinha no jardim. A chuva amainara, leve aragem, um canarinho da telha soltava seu cantar, um bem-te-vi anunciava o entardecer, o crepúsculo incendiando o céu e o mar, antes que a noite tudo envolvesse. Passos lerdos retornei à sala, sorri, o entrevistador em lugar de me entrevistar se auto-entrevistou. Talvez nem isto. Imerso em meus pensamentos só então me dei conta: ao lado do álbum do Drummond estava meia dúzia de laudas manuscritas, numa letra quase ilegível, sem assinatura. Foi com extrema dificuldade que li o título

SOLILÓQUIO DE UM SOLITÁRIO

Desreconheço fala, falação só no de dentro de mim comigo mesmo cada vez menos vezes, sou que nem pedra-árvore, sinto nada, pra que tu veio me desassossegar, jornalista merda nenhuma, lá quero saber de entrevista, ficar na minha, fugi do mundo porra nenhuma, descobri meu mundo, sei não, que tempo inexiste e eu com ele, tou aqui de inda agorinha, mal cheguei e tu me vem provocativo dizendo lá no de fora falam de ti, de falastrões bestas o imundo mundão tá repleto, te conheço, tua raça, me acicatas, pensas, logo ele cai na minha, caio nunca escolado sou, silêncio minha armação, tu diz te copiei fico aqui até te abrires, então vais ficando, já disse arrepito tempo aqui ora ora, tu fez o mesmo que nem eu, no meu caso de bateira, afundei ela pra não ter retornação, no teu caso uma canoa, queres ver quanto arresisto, pra que tu quer saber, vim com que me diz tu, logo logo tuinho se acaba, repartir como, se tenho coisa alguma, te acostuma, me acostumei, vivalma vi-vejo, no decomeço fácil não é, queria ver sem ser visto, vi tanta coisa maleva por donde andei, te cala boca minha, seu desgranido, falando sem falar só com a olhação tu me provocas, vai-te pra donde tu veio, sem querer me alembro do que esquecido queria nas minhas andações, no furor do Vietnan, na quedação do Allende, aqui mesmo fugir necas, paz palavra esquecida, aqui deslembro árvore-pedra que sou, nem preciso cheguei indagorinha, mochila de roupa, algum de comer, um bode e uma cabra pro leite, carne não, desci na prainha onde tu desceu, seu desgramado tu me devolves o que não quero, no de primeiro eu aparecia, pessoas me apontavam, no de depois me escondia em grutas no mais alto dos altos arvoredos, no outro lado donde ninguém podia me ver nem eu, tu agora me invades, de primeiro foi um pescador, mal arribou me flagrando, mal falamos bom de nadar, logo se foi, adespois a mulher se afogando pro lado das pedras, pensei repensei salvo não salvo, me atirei n'água, garrei nela, corpo no corpo, o bico do peito me agredindo, respiro boca a boca, e sem me dar conta ela some, logo me alembro que sou pedra, explicar como a mulher se foi quem há de, mentiras mentirosas se tornam verdades, tu podes criar um eu que não sou, tu não disse que me viram avoar em noite sem lua, avoei mesmo, e daí, se, Tarzan andava de cipó em cipó, e um tal de Robinson sobreviveu numa ilha deserta, por que não eu? Tu me faz recuar, ver o que eu não queria, inventa o que quiseres e me deixa em paz, nem sei se vais resistir ao frio, ao calor, ao vendaval que varre a ilhota, ondas que me lambem, vamos ver, nadador de merda, te aconselho... me deixa, some, me esquece, não quero que ninguém faça nada por mim, nem agora nem nunca...

Assalto

Com licença; bom dia; posso sentar, né; se tu estás neste escurinho é porque vais dilatar a pupila; ah, aqui está ela, cada vez mais bonita e simpática; estou há tanto tempo me tratando que até já me viciei neste colírio; me dou muito bem com o doutor Henrique Packter, ele sempre acertou comigo; contigo também? Vai para um mês, fiz uma cirurgia de catarata; devia ter voltado aqui uns quinze dias depois; não deu; é que eu moro em Imbituba e dependo dele; meu filho é muito ocupado, tem muitas atividades, além disso enfrenta um problemão; é hoje um homem de posses, posso mesmo dizer rico, embora tenha começado lá de baixo.

Pra falar a verdade, me sinto dividido. Perto de Imbituba existiam duas freguesias tranqüilas; as gentes viviam da pesca artesanal e de umas rocinhas. Lugar muito bonito, praias como poucas, meu filho, homem de visão, não teve dúvidas, arranjou dinheiro nem sei como, aqui e ali, fez empréstimos na Caixa, quando os juros não eram esta loucura, e ficou esperando. Não demorou a invasão de gaúchos e paulistas, até alguns catarinenses. No começo, para saldar algumas dívidas, se desfez de uns terrenos; mas ele tinha faro para negócios. Logo criou uma pequena imobiliária, que de pequena hoje não tem nada, e se pôs a construir casinhas, depois casas, casarões, prédios de quatro e seis apartamentos. Repito que no começo fiquei dividido, tive violentas discussões com ele, em lugar de peixe, as baleeiras agora pescavam turistas; árvores frutíferas, as hortas, os jardins, as trocas entre parentes e amigos, onde o dinheiro pouco contava, tudo ia sumindo.

Meu filho mora em uma das praias, é homem importante, de posses, tem um casarão que é quase um palácio, três carros na garagem, um utilitário, um Corsa para a mulher e para ele um carrão importado, nem sei de que marca.

Até aí, pra ele, tudo bem. Só que a vida não era mais a mesma coisa. A tranqüilidade se fora, com os turistas vinha tanto gente boa como gente ruim. Eu não me sentia à vontade e, embora fosse perto, era raro visitar meu filho. Não sou de ficar olhando para trás, mas sentia falta dos outros tempos.

Estás interesssado no que estou contando, me acompanhaste até aqui? Então vamos adiante. É agora que começa o problemão de que te falei há pouco.

Era de tardinha, minha nora e minha neta estavam em casa, meu filho não tinha hora certa para chegar do escritório. Um movimento brusco na porta da frente e entra um homem. Minha neta havia se esquecido de trancar a porta. O homem empunhava uma navalha e um punhal e foi dizendo, calma, não gritem, quietas, senão será pior. Tu, mocinha, vai até as cortinas e arranca os fios, rápido!

Minha neta tem quatorze anos, ficou transida, indecisa, mas minha nora pediu que ela obedecesse. Com as cordas nas mãos, o homem mandou que ambas sentassem em duas cadeiras próximas e amarrou suas mãos e pés, sempre de navalha em punho. A mocinha reclamou, tinha uma dor forte em uma das pernas, resultado de uma queda, e o homem afrouxou um pouco os nós.

Muito estranho, nunca me senti assim; estou calmo e tranqüilo, desde que entrei nesta casa; sou violento, muito violento, e tenho motivos de sobra para isso, mas não quero fazer mal a ninguém aqui, depende de vocês, da maneira como se comportarem.

Eu queria ser um trabalhador, um homem comum, vivendo a minha vida. Mas o destino não quis. Vocês duas devem estar se perguntando por que conto tudo isto. Nem sei, nunca me senti deste jeito. Há dias venho acompanhando o ritmo desta casa, sei como vocês se movimentam, como agem, o que fazem, em que horário o homem deve chegar, da mesma forma que sei que são muito ricos. Não quero expropriar, mas quero uma fatia, pouca coisa.

Explico pra que me entendam. Meus pais tinham um terreninho de nada, árvores frutíferas, um ranchinho, uma vaca leiteira, uma horta, minha mãe cuidava da casa e fazia renda de bilro. Eram eles, mais minha irmã da idade desta, que ajudava na lida da casa e à tarde ia para a escola. E eu que não encontrava emprego, não me demorava em lugar nenhum. Sonhava em estudar e ser alguém na vida. Estava de vigia noturno num hotelzinho. Certa manhã chego, vejo uma ambulância, carros da polícia e a casa rodeada pela vizinhança. Quis entrar, um guarda me impediu; insisti, dei um safanão e entrei. Por mais que viva jamais esquecerei o horror do que vi: meus pais assassinados a golpes de enxada, minha irmã estuprada e estrangulada.

Por dias, semanas, não sei o que fiz, nem por onde andei. Na delegacia me pediam paciência, que estavam seguindo pistas. Cansei daquela baboseira, não agüentei mais e saí à caça. Na vizinhança ninguém sabia de nada, mas o medo no olhar dizia o contrário. Forcei um deles, jurei segredo e, a contragosto, ele contou que, dias antes do crime, vira um carro com três homens, rodeando a casa. Não conseguira ver quem eram, mas tinha umas dicas sobre o motorista. Não tive mais sossego. Procurei nas praias, nos hotéis, nas pensões, nos bares e botecos. Não sei se foi um golpe de sorte, o que sei é que encontrei o monstro. Escondido, esperei que acabasse de beber com umas donas; quando ele saiu, acompanhei o cara até um lugar deserto. Pulei em cima dele, cravei o punhal em seu pescoço, gritando "Foi tu". Com este punhal, arranquei-lhe as partes e botei num saco plástico. Escondi o punhal num toco de árvore e fui para a delegacia. O delegado não estava. Joguei o plástico

O SABOR DA FOME

em cima da mesa e disse para o soldado, "Taqui o homem que estrupou minha irmã".

A cela onde fiquei tinha lugar para vinte presos e a gente era mais de quarenta, uma privada só. Se um se demorava lá dentro, quem tinha urgência fazia mesmo nas calças. Era também um chuveiro só, quase sempre sem água. O fedor era insuportável. Dormíamos por turnos. Havia de tudo ali: ladrão de galinha, assassinos de profissão, punguistas; uns já condenados, outros esperando julgamento e vários com a pena já cumprida.

Começamos a pensar numa fuga. A cadeia ficava distante do centro, três soldados cuidavam de tudo. Num anoitecer, um preso começou a gritar que estava mal, pedimos socorro, quando um soldado veio para ver o que estava acontecendo, foi dominado e foi forçado a chamar outro, logo também preso. Dois dos nossos trocaram de roupa com eles, que foram amarrados e amordaçados com lençóis. Estávamos saindo quando apareceu o terceiro praça, que levou um tiro na cabeça antes de poder reagir. Não vou contar tudo que aconteceu na fuga, só que, sem nunca ter usado uma arma de fogo, fui acusado da morte do praça.

Vocês podem, e com carradas de razão, estar se perguntando por que conto tudo isto. Não sei, ou melhor, acho que já sei. É esta mocinha, ela me lembra minha irmã, parece da mesma idade, o mesmo jeitinho de mexer a cabeça, o olhar.

Entrei aqui com uma intenção ruim; mesmo que eu queira, não tenho mais volta; nada tenho a perder além da vida.

Tudo o que acontece, assaltos, roubos, mortes, sou eu o culpado, mesmo quando ocorrem em pontos distantes, no mesmo dia e na mesma hora. Tive de aceitar o que estava acontecendo; modifiquei minha cara, cortei o cabelo que era comprido, raspei a barba e o bigode, passei a usar uns óculos grandes e a mudar de um lugar para outro.

Ao entrar nesta casa, senti uma coisa estranha, que mexeu comigo. Por isso não quero nada de violência, quero o que quero, o carro, já estou com as chaves e os documentos. Preciso também de dinheiro; já vasculhei tudo, armários, guarda-roupas, debaixo dos colchões, gavetas, abri panelas, caixinhas, latas e nada. Só encontrei na bolsa maior 42 merrecas e na menor cinco. Deve ter um cofre num casarão como este, me digam logo onde está, antes que eu fique violento e comece cortando a palma da mão da dona aqui, com a navalha. Repito, não quero fazer isto, mas não tenho saída, está quase na hora do dono chegar.

Ainda bem; então está atrás do quadro; me passe o segredo. Puta merda! Nada, nem um real, nem um dólar. Não posso sair de mãos abanando, tenho de esperar o dono da casa; ele irá até uma caixa-eletrônica, com uns dois mil eu me vou. Pra ninguém sair ferido, vamos fazer um trato, quando ele abrir a porta vocês vão falar normalmente, ele não tem como ver a gente; se ele reagir é um homem morto, se não converso com ele, saímos, vou com ele até um lugar que já escolhi, no meio de um matagal, deixo ele lá amorda-

O SABOR DA FOME

çado, *vou ter tempo de ganhar distância. Aqui já cortei os fios telefônicos, estou levando o celular e fechei as cortinas. Atenção. Escuto um carro se aproximando, estacionou, desligou o motor, fechou a porta, ligou o alarme, silêncio, me obedeçam, está subindo a escada, se aproxima da porta, vai abrir a porta...*

— Seu Algemiro, está na sua hora, o doutor está esperando, vamos.

— Já? Que pena! não posso deixar o doutor esperando, tem uma fila de gente que não acaba mais, bem que eu gostaria de terminar o causo; quem sabe se quando eu sair da consulta tu ainda estás aqui. Caso não, outro dia qualquer a gente acaba se encontrando. Até...

A diaba da diabete

Namoro no escurinho é gostoso, né? No de antes, me alembro, eu gurizote ia pra debaixo de uma árvore frondosa, de galhos bem baixos, com a meninota, tentando desvendar os misteriosos mistérios do sexo. Entra, senta, pra que dizer "dá licença", a saleta não é minha e mesmo que fosse, nós estamos aqui de passagem, aqui e no mundo, quero dizer. Com tua entrada o clima se foi. Se estás aqui, o caso deve ser parecido com o meu. Não demora a jovem simpática e bonita vai aparecer, ei-la, não te disse, ela pede: "levante a cabeça, abra bem os olhos, pegue esse algodãozinho, vou pingar uma gotinha em cada olho, feche eles por um ou dois minutos", não demora volta, na terceira vez acende a luz, para ver se dilatou a pupila, o colírio arde um bocado. Este doutor Henrique é competente, atencioso, mas um sádico; minucioso paca. Minha mulher me cutuca, deixa o homem falar; deixar eu deixo, percebo pelo silêncio seu interesse em me ouvir, não é? Te explico, a diaba da diabete é silenciosa, num de repente ela me atacou. Era um domingo de calor, vai pra ano e meio, o mar ali pertinho, fui dar umas braçadas, caí n'água, nadei, mergulhei, tão bom! nem senti o derrame, braço direito e perna imobilizados, vista turva, ia afundando, gritei por socorro, mal consegui chegar à praia. Tou assim desde então, dizem que tive sorte, com fisioterapia fiquei quase bom de tudo, menos da visão. Bela sorte! acontece que sou cabeleireiro profissional, por vocação desde criancinha, não sei nem gosto de fazer outra coisa. Lido com o cabelo do mulherio de qualquer idade, o corte mais curto ou mais comprido, liso ou ondulado, crio penteados especiais para cada tipo de festa, muitas vezes pedem-me que decida por elas. Vêm freguesas de tudo quanto é canto, passar por minhas mãos; conversamos, ouço histórias, mas sou discreto; ainda agora me param na rua, querem saber quando volto, e lá sei eu, tive de arrendar o salão; o doutor é reticencioso, cauteloso. Desculpa, começo a falar, me emociono e empolgo, sou de Imbituba, conhece? Se não pisa por lá há quase trinta anos, então desconhece, a terrinha mudou muito, pra melhor e pra pior, a ICC por exemplo, poluiu o mar, acabou com a pesca, em compensação distritos foram transformados em pontos turísticos e, faz pouquinho, navios carregados de carvão voltaram a singrar nossas águas. Minha mulherzinha aqui não me deixa mentir, embora continue me cutucando pra mode eu calar. Quer que me cale? Mas viu, ele não quer. Agora "com licença" peço eu, preciso ir no sanitário, volto logo, tenho muito ainda o que contar até que o Doutor me chame. Como pode ver, minha mulher vai e volta comigo, é um já... Não disse? Matraqueio muito, é da profissão, enquanto vou caprichando na arrumação dos cabelos de velhas velhotas moças mocinhas meninas, pro tempo escorrer a falação é importante, o que mesmo?...vocação de imbitubense, tu dizes, então o outro que esteve nesta salinha escura também não sabia parar? é que com teu silêncio interessado tu provocas. Problema de visão muitos têm, uns, meu caso, motivados pela diaba da diabete, embora eu só tenha cinqüenta e três anos; outros, como no teu, velhice, malefício do viver além da conta. Se me queixo, dizem, sina, destino, está escrito na linha da tua mão, na de cada vivente e logo me alembram do sucedido com meu pobre cunhado, jovem brilhante engenheiro em início de promissora carreira, como se a desgraça dos outros, mesmo não sendo parentes, me conformasse... Ei-la de novo, a jovem, quer dizer que tá na minha hora de enfrentar o Doutor. Com certeza iremos nos ver de novo por aqui e, se lhe interessar, conto o ocorrido com meu cunhado. Até mais ver...

Dona Argemira

*Para Ilmar Carvalho e
Raul Caldas Filho*

e a filha, mais três pacientes, já estavam na saleta penumbrosa quando eu chego, cumprimento, peço licença, sento no único lugar vago. Não sei se o silêncio se fez com a minha chegada ou preexistia, provocado pela ansiedade, pela dúvida, pelo futuro incerto. Não demora eis a jovem que, mal chega, vai perguntando: o senhor é a primeira gotinha, né, a senhora, dona Argemira, é a segunda, e antes que tenha tempo de continuar o garoto reclama: pra mim basta, essa coisa arde pra burro.

A coisa que arde pra burro é um colírio dilatador da pupila, indispensável para determinados tipos de exame – mas que arde, arde, dependendo da sensibilidade do paciente. Uma fauna estranha, por vezes exótica, na maioria tensa, ali se reúne, na expectativa do que virá, alguns jamais saem do silêncio ainda que provocados: cara, me conta qual é o teu problema, senhora, o que provocou sua deficiência, enquanto outros nem há necessidade de perguntar, logo vão se abrindo e numa espécie de moto-contínuo não conseguem estancar sua falação, caso do cabeleireiro que vai para um mês, tendo ao lado a mulher, me perguntou o que eu tinha e, sem esperar resposta se estendeu num minucioso relato de seu caso, inconformado com o fato de estar impossibilitado de exercer a profissão que abraçara e amava: tive que passar tudo para um outro que não gosta nem entende da profissão, na rua o mulherio me atraca e pergunta quando volto, nem era só a atenção, o conhecimento da arte, que tipo de corte para cada tipo de mulher e para cada cerimônia, também os papos, as confidências, os mexericos, tudo compondo um mundo peculiar; por vezes a mulher discretamente cutucava o marido, mas ele não percebia ou fingia não perceber.

Dona Argemira e a filha cochichavam, sem participar da conversa, ela teria uns oitenta, menos, mais, impossível definir, a filha sim, devia andar pelos cincoenta.

Já por quatro ou cinco vezes havíamos nos encontrado aqui, minha curiosidade aumentando, esforçava-me por ouvir aquele murmurar, tudo em vão, como se ambas percebessem e procurassem, malevolamente, aguçar-me a curiosidade.

Agora estávamos apenas os três, choroso, o gurizote fora levado quase de arrasto, o pai dizendo que não iam mais pingar o colírio que ardia, o doutor só ia examinar as pupilas dilatadas, nenhuma dor.

O silêncio foi quebrado inesperadamente pela filha, dizendo como quem busca apoio, minha mãe não se conforma, hoje vai fazer um exame diferente, está com medo, teimosa insiste que o tratamento não resolve nada, outro dia esqueceu de propósito os óculos, foi descer uma escadinha, levou um tombo, quase se arrebenta toda.

Pela primeira vez ouvi nitidamente a voz ainda firme, que não parecia de uma pessoa tão idosa; começou com uma reclamação: menina, não arreclama pro senhor, falar de nossas intimidades não carece, inté parece que tamos pedinchando ajuda, eu me basto até sem tu.

Titubiei diante daquelas palavras ditas com tanta firmeza, mas não resisti, por um lado a curiosidade e por outro um sentimento de solidariedade, quem sabe pudesse ajudar com algum esclarecimento, eu que vinha enfrentando uma retinopatia degenerativa e, quando perguntam o que tenho, repito sempre a mesma coisa, tenho um palavrão.

Mas sem quê nem porquê, apesar de um início tão confuso, alguma coisa lá por dentro de todos se desatara e a conversa corria solta, eu torcendo para que não nos viessem chamar.

Por mais de uma hora, num desabafo incoerente, mas que tinha sua lógica interior, a memória laborando num tempo sem dimensão, num estranho jogo de esconde revela, sem que houvesse necessidade de provocá-la, Dona Argemira se mostrou por inteiro ou quase, a filha tentando em vão segurar aquele torrencial desnudar-se interior, eu fascinado pela narrativa que era e não era nova, retrato de um viver corriqueiro passado a limpo, contendo ingredientes insuspeitados até para a própria narradora. Por vezes Dona Argemira parecia sem fôlego, perdida num emaranhado, insistia, retomava fatos dando-lhes nova versão ou recusando as intervenções da filha.

Me adesculpe, mas já que o senhor não diz dizendo, posso sim lhe contar a minha sina, vejo por seu rosto, por enquanto posso garantir que ainda vejo vendo um tiquinho, até quando sei não, minha filha me embroma, me diga a verdade, por favor, qual é o tal de exame que vão fazer em mim, me furar no braço pra mode entrar um líquido a fim de ver lá bem no profundo de meus olhos que doença malina tenho, quero não saber, quero é ficar boa, viver a vida que vivi des que cheguei no mundo, a vida de meus pais, meus avós, meus tios, todos viventes que vieram lá do outro lado do mundo, menos esta que vos fala, nascida e criada na Caieira da Barra do Sul, todos sempre na mesma faina, na pesca e na roça; o senhor que sabe das coisas sabe por que baleeira se chama baleeira, não sabe ou quer me engrupir pra mode saber se eu sei, pois lhe digo, era pra mode caçar baleia, nem tanto pela carne, pelo óleo que servia pra alumiar os ranchos e para amarrar as paredes das casas que ficavam mais firmes que esta porqueirada de hoje. Eu desde menininha disse pra minha falecida santa mãe, que Deus a tenha, trabalhar no tal bilro quero não, meu gosto é pra coisa grande, no antigamente se eras mulher tinhas de cuidar da casa, arranjar marido, ter filhos, nas folgas, que de folga nada tinham, mourejar na fazeção das rendas de bilro, teimosa teimei, quero isto nunquinha, vou tecer rede de pesca, tarrafa não, tarrafa é para a molecada aprender ou pra malandro se distrair; eu desde sempre lidei foi no preparo das grandonas, as redes de arrastão que iam até lá longe no fundo, puxadas por duas baleeiras, vinham apinhadas de peixe, fartura pra vender e dividir, isso no de ontem, no de hoje, quando vem, alguma coisa é uma porqueirinha que até a cachorrada refuga abocanhar; afogada de saudades me alembro, mocinha todos vinham me... Deixa, deixa, filha, tu não vê que o moço aí tá interessado e pra mim, que nem sou de tanta falação, é um alívio, nem sei o que me deu hoje... como dizia, vinham me atucanar, cada olhão comprido, e eu nem te ligo, me achava sem graça, até que num certo dia um certo alguém se engraçou por mim ou pelas redes, nem era daqui não... deixa, menina intrometida... eta terrinha, boa para morar, mas tem dia que nem o de comer aparece e até o peixe anda sumido, são os barcões lá fora, me entende, me perco, mas vamos pra diante ou pra trás, o tal moço, tu te alembras, falei nele inda agorinha, nem era das nossas bandas, nem sei como aportou por aqui, já fazia um tempo, contar donde viera e dos seus não contava, mas era jeitoso, loguinho me ganhou, me diziam: com essa fala arrevesada é das estranjas, tem jeito de turco... com o tempo acabou ganhando até a benzedeira Maroquinhas, quando teve lá nele uma zipra, só ela conseguiu cura, o moço aquele era bom de tudo, porém estradeiro, dava umas coisas nele e me dizia: Argemira, te gosto muito mas esse mundão de Deus me chama, me vou lá pras bandas do Rio Grande, fazer um dinheirinho na pesca, mas volto que de ti não me desgrudo... Enxeridas, as mulheres que viviam de olho gordo nele agouravam: volta mais não... e ficavam abobadas quando o meu homem, o Abraão, reaparecia de terno novo e gaita grossa na capanga, podes crer, fomos felizes, com uma ou outra briguinha, como boa parte dos casais, mas tanto agouraram que um dia ele partiu pra sempre, me deixando com uma penca de filhos; tirei nosso sustento fazendo redes ou remendando elas... não me cutuca, minha filha, paro por aqui, mesmo porque *tou* no fim da vida e só me faltava isto, enxergar quase nada, mal vejo as redes que são parte da minha vida. Não me queixo, se me perguntam de que maneira levo este finalzinho de vida, nem penso duas vezes, digo "como Deus é servido", de uma coisa não esqueço e desgosto desde menininha, reclamava pra minha santa mãe, a senhora (nos tempos de dantes era o respeitoso senhora, nunca o "tu" de hoje), a senhora bem..., ela me interrompia, já cansei de explicar, minha filha, foi um pedido da Marcolina, comadre e parteira, tua madrinha, quando me viu outra vez de barriga pediu "comadre, botei centenas de criaturas neste mundão de Deus, minha nenhuma, agora me deixa escolher junto o nome", fiquei com pena, abanei a cabeça que sim, dias antes de tua nascença o marido da Marcolina saiu pra pesca, tempo de pescada branca da grandona, no de repente um temporal, a baleeira não resistiu, no outro dia os dois camaradas foram resgatados por um barco da Marinha, o corpo do marido da comadre só foi aparecer dias depois pras bandas dos Naufragados, comadre Marcolina chorosa me pediu "deixa, deixa, se for machinho damos o nome do falecido, se feminha pensamos depois dela dar o grito, tou aqui a penar a minha má sina, não me cutuca, filha, o moço tá interessado, então continuo na contação, des que nasci fui fascinada pelo marzão, verdade o que diz Mestre Neno lá da Cachoeira do Bom Jesus da Praia, "a gente somos filhos do mar", e acrescento eu, "ele nos dá do melhor e do pior"; tou perto do fim, filha; fico pensando, já que só trocaram o "o" do marido da madrinha e me deram este nome esquisito, "Argemira" (me falam que o nome tem "mar", tirando uma letrinha do meio e botando na ponta, conversa que não me convence), repito, fico pensando, por que não me botaram logo o nome de Argemara?

Versões

Para Ivanildo Sampaio

1. Me taxam bunda mole, ligo não, tou na minha, meu lema é cada qual na sua, insistem, nem um pingo de pinga, nem retruco, meneio a cabeça, me enturmo é porque gosto de um papo, adoro uma acalorada discussão, por vezes pintam umas gatinhas que no entusiasmo e depois de umas biritas querem ficar — e quem não quer, se alguns se tornam bebuns me escafedo — no encontro seguinte cobram, nem ligo, foi assim que escapei no dia fatídico, lamentar lamento. Como é que uma coisa assim aconteceu...

2. Cinco casais, a cada quinze dias nos reuníamos, a vez era na minha casa, nada de bebida alcoólica, conversas amenas, e a reza, todos muito religiosos, no começo um padre-nosso, no final uma ave-maria, tudo por nós e pelos outros, a perdição deste mundo, fome, violência, buscávamos maneira de ajudar e logo aquilo, temo tremo, nem sei de que maneira continuar.

3. Jamais peguei numa arma nem sei como engatilhar, absurdo minhas impressões nela, precisam pegar os outros, bebum sim a gente estava, mistura de birita e puxamos um fumo pra que negar, de quem a infeliz idéia nem sei. Minha é que não, nem conhecia o tal condomínio de luxo menos ainda o tal apartamento, alguém disse vamos fazer uma brincadeirinha, nada mais, relutei, exclamaram temos outro bunda mole, reagi sou macho, então fomos.

4. A reunião começou tranqüila como sempre, nos conhecíamos e nos encontrávamos para desabafar, ver de que maneira poderíamos contribuir para tornar o mundo mais habitável, além disso nenhum de nós aceitava as missas em português, o latim fazia falta, eu fora seminarista ia ensinando aos demais, por vezes já nos comunicávamos naquele idioma, por que logo ele o mais tranqüilo, o mais.

5. Sou em parte culpada, ele não queria ir, cansado, chegara de uma longa viagem de negócios, me disse, nunca enfrentei parada tão dura, eu queria tanto ir que acabou concordando.

6. Minha esposa garante que trancou a porta, o vigia declarou não ter visto ninguém entrar, no entanto a porta não foi arrombada, podem ter entrado por uma janela;

O SABOR DA FOME 77

agora de que maneira chegaram ao nosso andar e ao nosso apartamento, um dos três de cada andar, quando nos demos conta estavam ali pedindo que não gritássemos, se deitem quietinhos se deitem, melhor pra todos, percebi que estavam drogados, nervosos, profissionais não eram, aí maior o risco, a qualquer movimento podiam perder o controle, eu disse, se acalmem, vamos nos entender. Logo teve início o saque, escolhiam atabalhoadamente o que levar, optando por dinheiro, jóias, tudo fácil de carregar e que não fizesse muito volume, foi tudo mais ou menos rápido até o inconcebível, o inesperado.

7. A polícia finge que se esforça, uma piada, mal ouviram o tal que disse ter ido embora, nem apertaram pra que esclarecesse o motivo dele se mandar, se já se haviam decidido pelo assalto, e o outro então, o único dos três que foi preso e que diz nem saber engatilhar uma arma, nem saber de que maneira nela estavam suas impressões digitais, brincadeira, pode nem ter sido ele, pois na arma aparecem outras. Precisam apertá-lo até que desembuche. Posto que tudo fica assim, já que a polícia se omite, vou eu sair por aí, o primeiro que irei procurar é o que não participou, ele deve saber onde moram os outros, o que fazem, onde costumam se esconder, não vou descansar um momento até encontrar os dois e como a polícia nada faz, está na Sagrada Bíblia fazer jus-

tiça pelas próprias mãos. O preso disse que parecia que o homem ia sacar uma arma, aí se jogou no chão. A arma era um lenço, meu pai queria enxugar o suor.

8. Estamos nos esforçando, fazemos o impossível, não é fácil, eles podem ter deixado a Ilha, se escondido nas favelas, nos morros, em incontáveis lugares. Ganhamos mal, somos poucos, a trabalheira aumenta a cada dia, foram inventar o tal de paraíso e deu no que deu, só neste ano quase duzentas mortes violentas; este caso é dos mais estranhos, não compreendo como entraram e saíram, apertamos o elemento que prendemos mas ele nem explica de que modo acabaram deixando o revólver no lugar do acontecido, e as opiniões sobre o morto também não coincidem, uns dizem que era de boa paz, outros que dado a rompantes e tentou reagir. Não posso adiantar mas já temos certeza de que logo vamos botar a mão nos outros dois e aí todo o imbróglio se esclarece.

9. Desacreditar no assucedido quem há de. Mundão de Deus tá entupido de bandidagem, malvadez, mas logo aqui... Portaria vigiada pode ter igual, melhor necas, o senhor síndico e meu amigo zelador me mostram identificadora no entra-e-sai, vai pra mais de cinco anos que estou na labuta e nenhuma anotação que me desabone, o conjunto cercado por murões de metros de altura, fico matutando, negar nem quero nem posso, foi no meu ho-

O SABOR DA FOME 79

rário, e ainda assim entraram três malandrões parece que bebuns e drogados fazendo o que fizeram, pobre homem tão quieto tão bom antes que eu pedisse já ia se identificando, dizia, vou no apartamento tal, por favor confirme e recusava entrar antes que eu... logo comigo que fico cem por cento do meu tempo firme atento, até pra ir no banheiro olho se alguém anda por perto, maldar não quero nem sou disso, ainda se fosse no expediente do... não, não deslembro nomear, jamais fui de fuxicos, lamento o fato infausto e a marca no nosso edifício que era considerado padrão de segurança, refletindo um poucochinho segurança como no dantes fugiu deste mundo, embora culpa nenhuma eu tenha, conforme fez questão de afirmar o síndico e reafirmaram todos que me conhecem, dentro de mim ficaram marcas por mais que me esforce cadê explicamento validado pro modo como adentraram pra maldar tudo que maldaram demarcando pra todo o sempre tantos honrados viventes.

10. Atendendo à ordem, como os demais, eu estava começando a me estirar no chão, olhos enevoados pelo suor que escorria por meu rosto, levei a mão direita ao bolso para tirar o lenço foi quando a primeira bala me atingiu no peito, antes que baqueasse de todo a segunda me atingiu em plena testa e me vi jogado num poço sangrento que me levará até o definitivo fim. Com o choque perdi por momentos a consciência da realidade. Sei que

não será o fim, mas um recomeço. Para o Ser Supremo minha missão terrena estava terminando, quem sabe outra missão me aguarde. Melhor do que nós Ele sabe o que faz.

Livros em chamas

Para Luciana Rassier

Mais de 40 anos se passaram e ainda que me esforce não consigo esquecer e um fato recente fez com que tudo me parecesse estar acontecendo agora. Eu mal chegara de mais uma espinhosa missão, desta vez nos cafundós do Rio Grande, onde me infiltrara no Grupo dos 11. Logo fui chamado, pronta minha nova identidade, instruções pra serem decoradas e destruídas, boa quantia em dinheiro, eu nada podia dizer pros meus pais, tinha quatro dias para chegar a Florianópolis. Me hospedei num hotelzinho, dessa vez eu era um inspetor de vendas, não vendia coisa alguma, porém conversava e ia fazendo perguntas, tentando colher informações, posteriormente transmitidas em código pelo correio, para uma firma fictícia. Os civis e militares que preparavam a Revolução queriam saber qual era a situação no Estado, tinham conhecimento de que o governador Celso Ramos, de Santa Catarina, veladamente dera apoio a Brizola quando Jânio renunciou, e não aceitavam a posse de Jango. No governo de Celso Ramos parecia haver de tudo um pouco, da extrema direita até gente de esquerda.

Naquela época, Florianópolis era uma cidadezinha acomodada, mas não escapara à efervescência política, grupos das mais diferentes tendências se digladiavam. O general Assis Brasil, chefe da Casa Militar de Jango, afirmava categórico ter tudo sob controle, sem atentar para o que estava sendo armado.

Minha missão era simples, eu até me sentia meio frustrado, andar pelas casas comerciais bisbilhotando quais produtos se vendiam mais, embora fosse outra a informação que eu desejava colher, tomar um chope no Miramar, atento às conversas, ir às reuniões dos estudantes, lá sim, sempre captava algo aproveitável, não nos inflamados discursos, mas nas conversas paralelas, pois nisso eu era mestre. Profissional tarimbado, tinha feito estágio na CIA e, francamente, não entendia o motivo de meu deslocamento, me considerava mais útil em Minas, São Paulo, Rio ou Pernambuco.

Caso fosse imprescindível, em Florianópolis, embora o comando militar fosse do 5º Distrito Naval, eu só podia procurar uma pessoa, que tinha recebido o meu código, o Secretário de Segurança Pública.

A memória tem uns lapsos inexplicáveis, não é que ia esquecendo fato importante, que acabou por mudar o rumo de minha vida, poxa, como é que ia me esquecendo da livraria Anita Garibaldi, que passei a freqüentar

O SABOR DA FOME

mal cheguei à cidade; trazia recomendação expressa, era um reduto dos comunas, da esquerda intelectual, de políticos, estudantes, operários, lugarzinho acanhado no tamanho mas fervilhante de agito. Tornei-me logo conhecido, eram na maioria uns ingênuos de boa fé, diziam rediziam "tamos indo pro poder, vem aí a reforma agrária, acaba o êxodo rural, a fome, as favelas" e por aí iam, eu incentivando, eles encontrando em mim um fiel companheiro de luta para a vitória do proletariado. Eu estava de saco cheio, cansado de ouvir essa conversa.

Agora, o mais estranho e, por mais que tente, jamais consegui esclarecer; veio a vitória, eu tudo relatava: as prisões, o papel do 5º Distrito Naval e do Exército, a posição do governo do Estado, os diferentes lugares de prisão, as levas de prisioneiros não apenas da capital; sempre à espera de uma senha que me levasse para o centro dos acontecimentos.

Então o inesperado: certo entardecer estou saindo do hotel, passo pela rua Conselheiro Mafra em direção da Praça XV, vejo um grupinho arrombando a porta da livraria, alguns histéricos berrando "venham, venham, juntem-se a nós, fogo neste lixo subversivo", incentivavam até agressivamente os passantes: "por que só olham, por que não nos ajudam?" Não demora chamas se alteiam, mais livros são lançados na fogueira, e os cabeças proclamam: "derrotamos os traidores da Pátria, de Deus, da Família", as chamas se elevam, quase atingindo as altas árvores, a fumaça se espalha por todo o jardim, atingindo o Miramar e o Palácio do Governo, empurrada por uma leve aragem. Mais gente chega enquanto, temerosos, muitos se afastam correndo. Para surpresa minha, eu me senti desconfortável, nem eu mesmo entendia o motivo. A polícia isolara o local, dando tranqüilidade aos incendiários; percebo um dos líderes me fixando, cochicha, outro me observa e abana a cabeça. Recuo, me afasto, mas não vou para o hotel.

Durante dois dias me escondi, mas embora tarimbado, acabei me "entregando", quer dizer, imaginei que já houvessem me esquecido, fui até o hotel, para juntar o que estava lá, pagar a conta e, mesmo sem autorização, sair da cidade. Um sexto sentido me preveniu, num momento de inspiração entreguei à gerente, com quem me relacionara bem, mala contendo meus objetos pessoais e boa quantidade de dinheiro. Foi minha sorte. Mal deixei o hotel, a algumas quadras dali fui preso, encaminhado para a Penitenciária do Estado, onde já se encontravam dezenas de presos, lá permaneci uns quarenta dias. Nos primeiros trinta, estávamos todos incomunicáveis e havia uma atmosfera pesada, de suspeição, todos imaginando que pudesse haver algum tira infiltrado. Boatos pululavam: os presos iam ser mandados para a Fortaleza de Anhatomirim, iam ficar confinados num navio, iam ser mandados para o Rio de Janeiro. As conversas eram sucintas, a cada manhã e tarde aparecia um oficial para

O SABOR DA FOME 85

saber como iam os detidos para averiguação, denomina-
ção formal para toda aquela gente, alguns nem sabendo
o motivo da detenção. Eu tentara, inutilmente, conversar com um dos oficiais, mas fora em vão. O motivo da
minha prisão tinha sido a presença nos comícios da
estudantada e a participação nos acalorados debates na
livraria Anita Garibaldi. Por certo um dos queimadores
de livros andara me observando e me denunciara como
subversivo. Eu estava preso e não podia sequer imaginar
por quanto tempo. Minha única saída era fazer chegar ao
Secretário de Segurança o meu código.

Mal suspensa a incomunicabilidade, apareceu para me
visitar a gerente do hotel, preocupada, pois na cidade
fervilhante de boatos os queimadores de livros espalha-
vam que eu era um elemento perigoso. Na conversa afir-
mei ser um simples inspetor de vendas e a gerente não
tinha motivos para duvidar. Pedi-lhe que, na próxima visi-
ta, me trouxesse cuecas, camisas, uma calça mais grossa e
um pulôver, pois se aproximava o inverno, e também uma
razoável quantia do dinheiro que estava na mala. No encontro seguinte perguntei se ela conhecia alguém ligado à
Secretária de Segurança; estranhando a pergunta ela disse que não, mas acrescentou que uma amiga prestava serviços por lá. Discretamente lhe passei um envelope com o
nome do Secretário de Segurança e pedi que, com caute-
la, sem se comprometer, ela tentasse falar com a conhecida para que o envelope chegasse às mãos do Secretário.

Certa madrugada fui acordado, ordenaram que pegasse a sacola com meus pertences; ao indagar para onde me levavam, responderam "não interessa" e me colocaram num jipe, com dois soldados armados. O jipe partiu por uma viela que eu desconhecia e quando me dei conta, estávamos atravessando a ponte Hercílio Luz. O silêncio se manteve durante todo o trajeto. Eu não tinha a mínima idéia de qual seria o meu destino. No lado continental, o jipe diminuiu a velocidade, eu pulei, me esgueirei para um beco escuro, fingiram não ver. No dia seguinte, na carona de um caminhão, cheguei até a divisa com o Paraná, hospedei-me numa pensão e em dois dias eu estava de novo no Rio de Janeiro.

No Rio retomei minha identidade verdadeira, meu passaporte estava com visto para quatro países, fiquei em dúvida, e acabei me decidindo por Portugal, eu dominava o inglês, mas para os Estados Unidos não poderia ir, e nada sabia de francês. Até que a situação no Brasil se normalizasse, e isso pode soar estranho dito por alguém que ajudara na preparação do golpe, trabalhei como tradutor numa agência de viagens. Só retornei a meu país na metade dos anos oitenta, um anônimo perdido entre milhares de anônimos, no Rio de Janeiro. Meus pais haviam falecido; eu, um solteirão empedernido, tinha alguns recursos, fui morar num pequeno apartamento em Vila Isabel. Sem ânimo para trabalhar, isolado, não fiz amigos, apenas uns poucos conhecidos.

Eu procurava, em vão, um centro qualquer de interesse, circulava pelas ruas, ia aos bordéis, entrava em livrarias, nunca fora muito de ler, mas agora até que lia alguma coisa. Comprava o livro que me caía nas mãos e um deles trouxe por título *Auto de fé*, de Elias Canetti. Também passei a freqüentar cinemas e, quase na mesma ocasião, assisti a um filme *Fahrenheit 451*, baseado no livro de Ray Bradbury. Curiosamente, num desses inexplicáveis acasos do destino, em ambos se falava da queima de livros. Talvez tenha sido isso que fez minha memória se reativar e, num átimo, lá estava eu outra vez em Florianópolis, em plena Praça XV, vendo as chamas consumir livros, entre os quais poderiam até estar o que eu acabara de ler e o outro, no qual se baseara o filme do Truffaut.

Não tá certo

Amanhecia, eles juntos no canto da churrasqueira, um estivera na janela tentando chamar atenção, o outro viera da porta da cozinha esperando que abrisse. Embora amigos, o silêncio pesava e com ele uma hostilidade latente, embutida, que permeava o convívio de anos.

— Hum hum, tá errado.

— Tá errado o quê, me diz.

— Tumentendes, bicho.

— Só se tu, nunquinha eu, tou bem de vida.

— Tás bem porque és um acomodado, te contentas com migalhas.

— Discordo, queixas não tenho.

— Te explico, estou cansado, vai um exemplo pra essa tua cachola de merda.

— Ofensa não aceito, sou machão, me...me...

— Que machão, disso não se trata, tu é um lambe mão e lambe pé, vai o exemplo, melhor que Natal sem fome não seria preferível só o Natal com fome e todos os outros 364 dias de barriga cheia?...

— Pode ser.

— Acomodado e teimoso, se não fosse nosso parentesco, minha memória ancestral, te largava, ia me juntar ao bando revoltoso, pra mexer com essa geringonça.

— Que conversa, donde te veio essa, como diz tu, sabença.

— Eu quero saber; tu um acomodado malcheiroso nunca entrou na biblioteca, ficas na cozinha, na sala, lambe lambe os pés da dona, com olhos pidões imploras migalhas, me diz, tu viu na parede as fotos da nossa parente, aquilo sim que era vida o ano todo, chegou até a avoar de lá pra cá; e nós e nós...

— Nós e tranças dás tu com esta conversarada, sem um pingo de consideração por quem te trata tão bem.

— Trata por quatro meses e esquece os outros oito.

— Enrolação tua, tou é com fome, a bóia demora.

— Logo vem, demora são os oito meses, me entendes agora, seu sarnento de merda...

— Que oito meses, me diz.

— Os que ficamos catando restos, sempre digo, preferível jamais saborear o de bom ou passável, porque aí apenas sabemos o que sabemos, mas porém matar nossa fome nos quatro meses e nos matar de vontade nos outros oito é que não tá certo, é malvadez da grossa.

— Tu é um mal-agradecido, a dona sofre, poder não pode, querer quer nos levar pro tal de departamento.

— Apartamento.

—Tanto faz, diz que levou um bisavô de nós, deu no que deu, o bicho não güentou a solidão, o isolamento, sem fêmea, se pinchou lá de cima e morreu.

— Com a tal Garotinha nada disso aconteceu.

— Ela já nasceu no tal departamento, aqui no terrenão logo se aclimatou, memória ancestral, como tu diz.

— Tu quer me enrolar, o tempo passa, vai ver foram simbora sem dar tchau.

— Foram não, ela nunca esquece se despedir e às vezes até manda um de comer.

— Olha, tá chegando aquele bicho nojento, vontade de avançar nele, tem um danado dum faro, e come do nosso...

A frase foi interrompida, a porta da cozinha se abre, a dona de roupão aparece com um prato de comida, diz: "Bolota, Tigrinho vocês já estão aqui há tempo, seus danadinhos, desculpem, dormi de mais, olhem tá bom, o lagarto de rabo novo já deu as caras, vou dar um tiquinho pra ele".

Nesse meio tempo, Bolota apressado pulou e, mesmo antes de o prato chegar ao chão, começa a lamber os pés da dona enquanto lá da mesa da copa o marido reclama: "sempre isso, vou virar bichano pra mode de ver se obtenho igual tratamento privilegiado".

A cigana

El niño la está mirando
En el aire conmovido
mueve la luna sus braços
y enseña, lúbrica y pura,
sus senos de duro estaño.
Huye luna, luna, luna.
Se vinieron los gitanos

Cancionero gitano
Garcia Lorca

Era uma segunda-feira, amanhecia – e a surpresa: ocupado o terreno baldio, entre as bodegas do seu Abrãozinho e do seu Zé Gringo, que eventualmente servia de campinho para as peladas, quando não para carga e descarga. De que maneira, entre o anoitecer e o amanhecer, se dera a ocupação? Com rapidez extrema transforma-se em acampamento, barracas por todo o canto, caminhões já quase vazios. E a cena incomum: fogão aceso montado ao ar livre; no preparo do desjejum mulheres circulam, reclamando pedem calma, no atendimento dos seus;

crianças riem, brincam, choram; homens indo à luta, logo cedo no seu Zé-Gringo ou no seu Abrãozinho, em busca de alimentos, perguntam, o vizinho não tem algo para consertar, fazemos precinho especial, oferecem objetos, ou trocamos, num barganhar que dominam bem, percebem que aqueles ali também são alienígenas, estamos precisados de açúcar, de café, de sal, de farinha de trigo, de pão, a gente ainda não teve tempo de preparar, pão caseiro tão mais gostoso, fazemos questão de trazer um pedacinho para que provem. A permanência dos ciganos é incerta, imprevisível. Quanto tempo vão ficar? Não respondem; não gostam de responder; ou nem mesmo sabem. Depende de muitos fatores, do que vai render a praça; uns dias, uma semana. Até que, de repente, da mesma maneira inesperada como chegaram, somem durante meses, anos. Talvez para sempre.

Os homens percorrem ruas, casas, batem em portas e janelas, oferecem caçarolas, panelões, tachos, tudo do mais puro cobre, e também punhais, bijuterias, mostram, dizem, preço barato pro freguês, lembram mascates árabes, já chamaram seo Abrãozinho de patrício, usam um linguajar carregado, gombra material de bom tener garrantia, eu jura, mim devolver dinero se non gosta, como se fossem permanecer ali para sempre; as mulheres logo se aprontam, saem em duplas, com as longas vestes coloridas, o decote generoso deixa entrever boa parte

O SABOR DA FOME   95

dos seios, berloques nos braços, nos dedos, no cabelo, no pescoço, nas orelhas, postam-se em pontos estratégicos, esquinas e praças, aguardando os passantes, perguntam, querer tirar sorte quer, adivinho passado-presente-futuro, falo de amores no seu vida destino na sua mão, tem homem bonito (ou mulher linda) em seu caminho esperando o destino afirma, insinuam encontros. São mais para gordas, corpulentas, risonhas, quase oferecidas. Engraçadinhos retrucam, tirar o quê, se não temos sorte nenhuma!

Boatos mais freqüentes: vieram corridos do Rio Grande; tentaram raptar menina(s) em Criciúma; venderam um tacho dito de cobre que nem durou umas semanas, foi prum conhecido dum conhecido de São Miguel; e o punhal que nunca ia enferrujar; pra mim a sortista valeu acertou tudinho em cheio me ajudou a resolver problema de grave doença na família só com uns chás; pois pra mim foi um caso de paixão braba eu tava afim de Lurdete do Nicanor e pimba, só uma gotas e uns sinaizinhos que a cigana fez na minha testa e na minha mão...

Chega a noite. Homens ficam conversando, bebem, jogam, dedilham seus instrumentos musicais, dançam. O s(t)om se eleva, ouvem-se gargalhadas seguidas de discussões que não raro se acirram, ânimos exaltados, xingam-se aos gritos, se agridem, sombras que fundem dança e desafio se projetam nas barracas e nos caminhões, aumentam ou diminuem ao sabor do balanço dos lampiões e das fogueiras, crianças assustadas e mulheres alvoroçadas tentam apartá-los, outros homens, interferem, afastam todos, dizem arreda, arreda deixa eles, é preciso de vez em quando uma boa briga pra mode de aliviar. Dia seguinte, tudo sumido, adversários abraçados. A notícia da chegada se espalha. Não demora, no mesmo dia ou no outro, a romaria. De perto ou longe, gentes querem ver os ciganos, ir até as barracas, se possível entabular conversa. Perguntam o preço de um tacho, pedem para examinar o punhal, passam o dedo na lâmina, e quanto custa ver a sorte nunca dizem tirar, é azarento. Para a rapaziada, entre o mulherio uma figura se destaca, chama logo a atenção: *Sofia*. Bem jovem, mal saída da adolescência, morena, sestrosa, longos cabelos negros (como asa de graúna, diria ao vê-la o filho de seu Zé-Gringo, plagiando um livro que acabara de ler), lábios chamativos, olhos faiscantes (melhor seriam de ressaca, noutra referência literária), seios explodindo do corpete apertado, talvez mais do que bonita, no sentido convencional do termo, a tentação em pessoa, consciente do seu poder devastador. Ou inconsciente? Não! Sabia sim, a potranquinha percebia o tesão que provocava, sabia-se desejada, negaceando, num jogo de sedução inato, sem recuar e sem ceder.

Talvez nada disso fosse verdade, talvez Sofia uma ingênua, tranqüila em seu canto, sem imaginar o quanto

O SABOR DA FOME 97

mexia com a imaginação dos rapazes, talvez tudo não passasse de elaboração de mentes febris, sôfregas. Eles não param de circular pelas proximidades do acampamento, bisbilhotam, entram nas duas bodegas, vão até o rio Biguaçu, agora de águas tão mansas, quem pode prever o furor que o assalta a um simples chuvisco, não se demoram, retornam num passo lerdo/malandro, encostam-se em um dos caminhões, olhos cobiçosos tudo vasculham, acenam para as ciganas, perguntam pelo preço de uma caçarola, e desconto tem, mamãe quer saber passem lá por casa. São desculpas inconsistentes. Pouco estão ligando. Necessitam enxergar Sofia.

A ronda aumenta. O cerco se fecha. Até rapazes de outras bandas (e bandos) do lado de lá da cidadezinha, que raro apareciam por ali, numa divisão implícita de territorialidade, agora se tornam freqüentadores assíduos, procuram se aproximar dos donos do pedaço, convidam, apareçam precisamos nos juntar, gazeiam-se aulas, esquecem-se peladas, rixas antigas, deixam os banhos de rio, os acrobáticos pulos da ponte sobre o rio Biguaçu, as fugidas aos rinhadeiros para torcer nas brigas de galo (ou nas menos comuns brigas de canarinho-datelha, pode ser na ganja ou no terreno adversário), abandonam a noite com o violonista Roberto que ensaia canções do Carlos Galhardo, do Francisco Alves, voz e pinho afiados, descuram até mesmo da atenção às moçoilas da terrinha.

Só pensam em Sofia, sonham com a possibilidade de um encontro (quando, como, onde?), a troca de algumas palavrinhas, acreditam-se irresistíveis, bastaria... não concluem o pensamento, a menina-moça se mostra tão esquiva (ou finge), embora se lhes ofereça em toda a sua exuberância e sensualidade, num jogo instintivo que domina bem, e que a todos excita, ficam inventando inverossímeis encontros, um intica com o outro, diz, olha só como a danadinha me olhou, vais ver pego ela, pronta a resposta, sai pra lá seu convencido de merda, te olhou nada, piscou foi pra mim marcamos, logo outro, ainda há pouco vocês nem tinham chegado me fez um sinalzinho, riu piscou um olho, faltou apenas o lugar do encontro. A ninguém tapeiam. Nem querem. Tudo fantasia, elaboração de mentes que fervem, de corpos que se espojam em intermináveis masturbações.

Em dois/três dias se ficou sabendo, ao saber somando-se invencionices: Sofia era destinada, desde a nascença, acordo entre famílias, a um moço quase da mesma idade, já noivos, alto magro, tímido, imberbe, que raro aparecia. Mas insinuava-se com igual incerteza (de onde este boato impossível descobrir, surgira e crescera descomunal), ela tinha um chamego, coisa de cama, com alguém bem mais velho, ser enorme, peludo, sardento, cabelama ruiva, rosto sempre fechado, autoridade entre os ciganos, temido, sujeito a explosões de furor, que a todos intimidava. Tem mais, sussurrava-se, o

O SABOR DA FOME 99

velho e o jovem nem se dão, se evitam, haviam-se atracado quando estavam em Blumenau, briga feia, pensa-se até em dividir a tribo em duas.

Os rapazes, esquecidas as divergências entre bandos antagônicos, ficam à espreita para flagrá-los, urge tirar a limpo a história, cochicham, tem mais gente envolvida, o sacana do velhote não desgruda, cadê o noivo que não vê. Jovens, solidários, torcem pelo jovem. Teria ela estado com os ciganos da vez anterior? Há quanto tempo? Meio ano? Um? Mais? Menos? De que maneira Sofia passara despercebida? Muito criança? Sem nenhum resquício de encanto que chamasse a atenção? Podia? Podia alguém, de inopino, em período curto, se transmutar tanto? Decidem: Sofia nunca estivera em Biguaçu.

O fogo que dela emana chamusca-os, queima-os, intranqüiliza-os, é inextinguível. Tempos depois da partida dos ciganos, continua provocando-os. Um diz, agora posso contar saí com ela de noite tão bom, não tem como prosseguir diante das risadas escarninhas, outro interrompe, mulher fogosa nunca vi nada igual, me acreditem, comi ela todinha nem podem imaginar o quanto tão novinha já bárbara sabidona, na cama conhece de um tudo mais mesmo do que eu, alguém interfere retruca, deixa de prosápia besteira tu nada sabe só se comeste na imaginação e na mão nem perto da bichinha tu chegou chegamos pelo menos tenho coragem de confessar, há um último que acrescenta, tentando livrar a cara, o machão dela não desgrudava aquele sacana fiquei com pena do noivo me pareceu infeliz amedrontado. Quanto à mocinha, são unânimes: quer provocar a gente, inticar, depois se diverte com as outras ciganinhas a rir dos tansos que somos. Só no fim da semana o filho do seu Zé-Gringo fica sabendo da Sofia. Estudante em Florianópolis, morando com uns patrícios, havia ocasiões em que nem vinha, começara a formar novos amigos, a se soltar, descobrira a noite e o cinema, a figueira da Praça XV e o *footing*, o Miramar e a cerveja, o Mercado Público e o bar na ponte Hercílio Luz. Chega, se depara com um terreno invadido. Estranha, em hora tão matutina, a chusma de amigos, conhecidos, desconhecidos. Até o dorminhoco do Salomão, sempre derradeiro a aparecer. Mal desce do ônibus o pai chama-o, antes que fosse abraçar e beijar a mãe, queria saber se lhe trouxera os jornais, preocupado com as notícias captadas no rádio Phillips, ficava grudado ao dial, pulando de uma emissora para outra, mais atento à Nacional, em busca de maiores informações sobre o *putsch* integralista, a resistência do Getúlio Vargas no palácio presidencial das Laranjeiras, o sumiço do Plínio Salgado, que uns tempos antes passara por Biguaçu. O filho entrega o pacote com O Estado, A Gazeta — e nem precisa perguntar a razão do movimento. Um dos irmãos dá a notícia, cochicha, vais ver ela mano,

O SABOR DA FOME 101

um estouro, está deixando a turma alucinada. Levou-o para os fundos da casa, apontou. Lá fora um vulto perto do fogão se entremostra. Nenhuma impressão. Isto pouco dura. Talvez influenciado pelos demais, nem precisou muito, cai num deslumbramento diante daquela revelação. Era um dia de verão, sol esplendente — e ele continuava correndo de um lado para o outro, na tentativa não mais de ver Sofia, que mal entrevira, mas de se fazer notado por ela. Pensou, que loucura, preciso tirar a limpo, invento uma doença, semana que vem não vou a Florianópolis. Foi.

Semana alguma lhe parece tão longa. E se os ciganos, tão instáveis, resolvessem se mandar logo: e se outro(s) tivesse(m) mais sorte (sorte do quê, num momento de lucidez se interroga) pegassem ela — e voltava a se questionar, qual sorte, cara, nos dois dias em Biguaçu nem perto chegaste, Sofia nem te notou, pouco conversaste com o noivo. Teria notado os demais. Insofrido, mitificava situações esdrúxulas.

No outro sábado as barracas estavam no mesmo lugar; no mesmo lugar amigos e conhecidos, agora Osmar o primeiro de plantão, com ele o abusado Adalberto. O filho do seu Zé-Gringo se aproxima de um dos caminhões, quer encontrar o noivo. Perto de uma das barracas, Sofia brinca com algumas crianças, ri, pula. Ele tinha lido, não havia muito, *O corcunda de Notre Dame*, do Victor Hugo, lembrava-se bem da cigana Esmeralda.

Tentou uma comparação: Sofia se pareceria com Esmeralda, a que ele imaginara e fora construindo ao longo da leitura? Teria o mesmo talhe, o mesmo fogo, a mesma alegria, o mesmo feitiço? Como saber? Só num confronto entre o ser imaginário e o ser real. E, neste momento, para ele, qual mais real? Tímido, introspectivo, também imberbe, assemelhava-se ao noivo de Sofia. Este apareceu. Chegou-se, procurou conversa. O cigano ficou interessado ao saber que ele estudava em Florianópolis. Já passara por lá, falou na ponte, no Mercado Público. Perguntou onde estudava, qual o ano, o que pretendia ser no futuro, e num ímpeto disse, como se estivesse falando para si mesmo, eu também gostaria de me fixar, freqüentando uma escola, estudo de verdade, sei ler, mas isto só não me basta, é insuficiente para o que pretendo. Possuía conhecimentos gerais, começara algumas leituras, só que um nada havia lido do que o outro lera. Nesta manhã não voltou a ver Sofia, nem teve coragem de perguntar por ela, a fantástica Sofia que fora elaborando no decurso da semana. Certamente o noivo devia intuir qual o real interesse do heterogêneo bando de rapazes à espreita ali perto. Refletiria, não basta o que tenho aqui dentro, este também, é por isso que me procura, finge se interessar por minha vida.

Foi só à tardinha que Sofia apareceu: cabeleira despenteada, um vestido simples de cores discretas lhe escorria pelo corpo, parecendo revelá-lo ao mesmo tempo que o encobria. Tinha um ar infeliz, machucado. Que, estranhamente, lhe acrescentava novo encanto. Caminhou, deteve-se perto de um dos caminhões, olhou em derredor, foi até o fogo que crepitava. Vigiando-a o grandão, ar macambúzio. Afiava um punhal, que reluzia. Ela se aproxima dos rapazes, neste anoitecer difícil distingui-los, mesmo porte, mesmo jeitão tímido, se detém, troca monossílabos com o noivo, abana a cabeça para o outro, olha-o de soslaio.

Domingo. Tarde da noite. Fora um domingo desnorteante, sofrido, estranha tensão a todos dominava. Insone, o filho do seu Zé-Gringo vira-revira na cama, quer dormir, não consegue, levanta, deita, dormita, mal-estar, levanta, vai ao banheiro, urina, vai a cozinha, toma um gole d'água, vai até uma janela, abre-a, se debruça, ar pesado, olha esfrega os olhos, volta a olhar, estupefato. É uma alucinação.

Sofia se banha ao luar. Sentada na larga bacia, baldes de água ao lado, ergue a mão, derrama mais água na cabeça, o corpo felino se retesa, gotas pingam no rosto, nos seios escorrem pelo corpo, descem mais, alcançam o umbigo, mais prossegue a lenta descida, atingem o sexo, penetram-no, ela dá um gemido que vem das entranhas, susto e/ou gozo, o rapaz esfrega os olhos mais, quer se convencer do que vê, fica ali um tempo interminável que não escorre, imutável, a cigana se delicia com o banho, apalpa o sexo, se enxuga com vigor querendo se liberar de algo que a incomoda, quer se limpar, o luar envolve-a num abraço de carinho, mais, de paixão, Sofia volta a se esfregar, ainda, se contorce, num gesto lento busca mais água, de novo molha o corpo, assustada se vira, temendo ou esperando por alguém, alguém que a observe, que a tome, que a possua, fremente de desejo anseia por alguém que também a deseje e a quem ela deseje, que se queime no fogo intenso e inextinguível por ela, que a tome e a possua uma e muitas vezes, agora acabou de abaixar a mão que enxugou a cabeleira, ergue-se saciada, enrola-se na toalha, volta a se esfregar, retira com enfado uma gota que lhe pinga pelo nariz, massageia mais e mais o corpo reluzente tomado pelo luar, e num gesto medido, estudado, coquete, a toalha desliza da cabeça para o pescoço, vai até um braço, o outro, as costas, os seios, a barriga, a bunda, o umbigo, chegou a vez do sexo, demora-se, abre as pernas, com pena vai até as coxas, se vira e a bunda explode, enxuga uma perna, o pé, um a um os dedos.

Nada mais existe no mundo. Silêncio tudo envolve. O rapaz não resiste. Sim, tem absoluta certeza, Sofia o viu, esperando-o banha-se para ele, lhe faz um sinalzinho, move os lábios, pede que pule a janela, corra, corre me abraça me toma me aperta me possui. Apertam-se numa entrega total. Será que a mocinha se entrega mesmo ou se esforça por afastá-lo, quer afastá-lo e não consegue, duas forças nela se entrechocando.

O SABOR DA FOME 105

Os corpos começam a vergar, estão quase deitados, na graminha úmida que servira para tantas peladas, Sofia levanta um braço, contorna o pescoço do rapaz, pressiona-o, murmura um nome, sim, não há dúvida, ela quer, ela precisa, o fogo da juventude inflama-a, domina-a.

E nesse exato momento que um urro fende o silêncio, um vulto gigantesco se projeta, nem se preocupa em separar os dois corpos, a lâmina do punhal se ergue e desce uma, duas, três, dez vezes na carne jovem, é uma lâmina afiada, penetra fácil, o sangue esguicha, jorra para longe — e a vida se esvai num átimo, e o grito de Sofia se confunde ao urro que prossegue, agora mais e mais rompendo o silêncio, violando-o. Para o rapaz nada existe, apenas o sono invencível que dele se apodera, a paz que o toma, um vai-e-vem que o conduz para longe, para desconhecida dimensão, para o nada. Tudo terminado.

Acorda com gosto de sangue na boca, cospe, o gosto persiste, se mexe, se apalpa, esforça-se para levantar, caminha pelo quarto, pára. Tenta se recuperar, revê aquela noite, ainda não pode se acreditar vivo (e estará?), observa os objetos que o cercam, tudo tão real, vai até a janela, abre-a num gesto de autômato, silêncio, tranqüilas as barracas, nenhum movimento, cadê a bacia, os baldes com água. Começa o amanhecer. Precisa se preparar. Não demora o ônibus. Atabalhoadamente apanha tudo que vai levar, despede-se dos pais, a mãe, como sempre, acompanha-o até a porta, preocupada repete as costumeiras recomendações, obedeça os parentes, se cuide naquela tentacular Florianópolis de tantos descaminhos, ele um jovem bem formado e inocente, ficasse cada vez mais atento aos estudos, precisas saber para tomar rumo certo na vida. Acenando espera que o ônibus se afaste.

Ao chegar no final da semana seguinte, baldio o terreno baldio. Nem sombra dos ciganos, como se nunca tivessem estado ali. Interroga os irmãos, procura os amigos. Contam: no decurso da semana, depois de um desentendimento maior, sem explicação, onde só ouviam vozes altercando, gritos, xingações, homens se atracando, mulheres a intervir, às pressas os ciganos começam a desmontar as barracas, a atulhar os caminhões. Seria suspeita ou haveria mesmo uma divisão? E se foram, da mesma forma como haviam chegado. Deles nada restara.

Não-não! Os ciganos, por certo, iriam continuar a interminável ciganagem, sina de séculos. Em outras terras, perto ou longe de Biguaçu, poderia ocorrer o mesmo. De novo o acampar em terreno baldio, de novo a peregrinação, de novo o fascínio inexplicável de Sofia, afinal nem tão bonita, de novo o desvario que provocava, de novo o rastro da passagem de Sofia por muito tempo permanecendo vivo a inquietar carnes jovens, persistindo a magia daqueles momentos. Como ali, em Biguaçu. E a questão: de que maneira terminaria a disputa entre o novo e o velho? O rapaz se conformaria com a situação? O desejo do gordo seria algo mais do que simples desejo de mando e posse? O jovem se conformaria com a perda da noiva prometida antes mesmo do nascimento de ambos? E as famílias? O noivo dividiria Sofia com o outro? Seriam todos coniventes? E ela? De que maneira encarava tudo aquilo?

O filho do seu Zé-Gringo vai conviver com a dúvida, que o tortura. De momento não tem qualquer resposta. Terá algum dia? Outra dúvida se incorpora, para sempre, às lembranças: o banho ao luar existiu, existiria o esfregar luxurioso, a lúbrica jovem carne feminina se contorcendo em busca de algo além do banho, querendo prazer, exigindo gozo, ofertando-se, os túrgidos seios provocando-o, a atiçá-lo, a agredi-lo? Ele à janela, tímido que nem o infeliz noivo! Ou tudo se limitara ao pesadelo, quem sabe premonição, resultante do desejo insatisfeito e das maquinações de uma sensibilidade exacerbada e complexa, já preocupada com elaborações ficcionais.

Ponto de balsa

Diez noches y diez dias contínuos de diluvio cerrióse sobre Ia selva flotando en vapores; y lo que fuera páramo de insoportable luz tendíase ahora hasta el horizonte en sedante napa líquida. La flora acuática rebrotaba en planísimas balsas verdes que a simple vista se veia dilatar sobre eI agua hasta lograr contacto con sus hermanas.

El *regreso de Anaconda* – Horacio Quiroga

Vamos sair logo amanhã cedinho, na mudança da lua. Estamos em ponto de balsa. Me acompanhas? Tá bem, tá bem. Prometi, sei. Explico, sim. Mesma coisa não é. Juro. Nem de perto. A emoção de ver, de sentir, de apalpar, de fremir, de vibrar, de vencer os precipícios, as corredeiras, os imprevistos, a selva espreitando, as águas grávidas indomáveis. Gosto de perigo. Isto sim. Gosto do perigo. De lutar contra os elementos. É bom. Não me acreditas? Pergunta pra Lúcia, não demora chegar. Dá uma sensação de força, de poder, de domínio, de... de bem-estar. Sensação só não. Certeza. Riscos existem, já disse. Muchos. Quando me alembro... tremo... O pavor... Tontura... tortura... meu quengo. Dói. Inda tengo delante de mim o madeirame espedaçado. A água borbulhante vivaveloz, as mãos crispadas, os olhos esbugalhados, o grito. Um grito único repercutindo por aquela imensidão. A-mé-li-ooo. Não! Agora não! Deixa pra lá. Depois quem sabe. Quero-como? — te falar das viagens, da estranha impressão que me domina. Explicar lo que passei, bons e maus momentos. Não tengo palavras. Só mesmo participando. Peligroso é, repito, pra quê negar, por quê? Experimentei na carne, na alma. Mas a vida não é um perigo constante, me diz, bem? Que valeria sem tais momentos? Água parada, morta, podrida, malcheirosa. Não consigo me imaginar vivendo de outra maneira, burguesão metido a besta, carnes apodrecendo.

Ahorita mismo me arrepio só de lembrar os homens esperando, tensos. A violência da chuva. A enchente tomando as margens, tomando as casas, tomando as árvores, carregando animais, o rio inchando, inchando; logo nós ali, na balsa, enfrentando de um tudo, dependendo apenas de nós mesmos, entre céu, água, mataria, os dias se emendando idênticos, chuva ou sol, vento ou calmaria, o negrume palpável se fundindo à claridade cegante.

Balsas e mais balsas, a madeira ainda sangrando, manobradas por um prático, peões cavalgando-as. Vai, imagina a cena. Está aqui, delante de meus, teus olhos. Parece um comboio interminável. Coleando, subindo-descendo, avançando, parando, recuando. Eu? Tenho 14 anos desta atividade na cacunda. Me acostumbrei. Vibro. Momentos de alegria: sentir que estamos ganhando a batalha, que somos superiores à força das águas, que podemos derrotá-la. Momentos de incerteza: a dúvida que se infiltra maneira, será que vamos conseguir chegar ao porto de destino? Momentos de pavor: como ainda há poucos... Num tumulto, se atropelando, lembranças sumidas voltam vivas, aqui, na cachola, aqui, na pele, no sangue, na merda. Isto dói. Verruma. Morde. Mierda. De repente tudo se esvai, um banco, a cabeça oca.

Nem sei quantas vezes cruzei o rio Uruguai numa balsa em direção à Argentina. Preciso ganhar a vida, né. Nada mais sei fazer. Ou gosto de fazer. Tive viagens tranqüilas, tive, os peões nos remos, caibros de cinco metros, dois ou três em cada, de cada banda da balsa, na frente e atrás, remando num ritmo compassado, no controle pra manter a balsa no rumo certo, eu só manobrando, prático com prática de anos, sonhando em chegar, tomar uma canha, pegar uma cabrocha. Curioso: devo estar viciado, preciso das águas indóceis, *los peligros*, só aí me sinto vivo, útil. Saber que venci, que domei os elementos, que domei a bichinha embaixo de mim. É excitante. Parece uma trepada. Mas as águas são matreiras que nem fêmea, ficam na espreita para dar o bote, me parecem até enciumadas. Se vingam. Como naquela vez, quando um pedaço de mim se foi. Lúcia. Não vou desistir, não sei desistir, não me entrego, tenho novos motivos pra persistir, procurar, quien sabe...

Se me demoro em terra sinto falta. Não, não sou daqui. Vim, como tantos, do Rio Grande do Sul, gaúcho da fronteira. Vocês, catarinas do litoral, mal sabem o que é isto, este oestão brabo. Melhor: não sabem nada, nada conhecem. Dizem: um fim de mundo, mundão inóspito, desconhecido. Negar não nego. Só acrescente: fascinante, misterioso, que resiste ser violado, não se entrega fácil. Também podia dizer: um mundão de riquezas pra quem soube aproveitar. *Yo mismo*, no começo. Esquece. Apaga.

Tem gentes que *hoy es dueño* de municípios inteiros. Chegam, tomam posse, começam a derrubar árvores. Vão erguendo uns ranchinhos de taipa, abrem arruados, logo surge a pracinha com a igreja, a delegacia com a cadeia, uma vendola de comes-e-bebes, a cabana melhor, de madeira trabalhada, do dono de tudo, miúdas plantações se iniciam num roçado, verduras, legumes, pés de milho, feijão, criam-se porcos, galinhas, umas vacas leiteiras. Em pouco a notícia circula, vão chegando os futuros agregados, vivem da caça, pegam peixe de água doce, é gente tangida pela miséria que na miséria continua, mourejando pros que dominam tudo. Assim foi se fazendo esta região.

O SABOR DA FOME

Vês aquele velhinho sentado lá no fundo? Parece um mendigo, maltrapilho e sujo, mais malvestido do que eu, pés nuns tamancões, chapelão remendado de palha trançada, bebendo uma pinga, comendo uns nacos de lingüiça frita. Carajo! Tem um caminhão de grana, é dono de um município inteirinho, grita ele, tudo ganho na extração de madeira e nas centenas de balsas que vendo pra Argentina. Um dia me falou, quem vai se preocupar com a natureza, ninguém sabe o que é isto, não fui eu quem plantou estas árvores, nem vou plantar outras porque não iam crescer a tempo de eu cortar elas. O velhinho chegou aqui com *una mano* na frente outra atrás. Hoje manda num bando de gentes. E quando digo bando é bando mesmo. Com aquele ar pacífico de avozinho é um bandidão. Matou nem sei quantas pessoas, diz que defendendo o dele, melhor responder se apossando de terras que eram de outros, ou que não eram de ninguém. Tomou-as na marra, falsificou registros, manobrou, fez o diabo. É o próprio diabo. Desalojou posseiros, matou os mais renitentes quando o famoso jeitinho não bastava. Reconheço: difícil não era (não é), basta não ter escrúpulos. Do que me fez te conto... Ai minha cabeça, uma cabaça, um oco, um branco, a dor doída. Espera, espero, vai passar...

Mando descer mais uma cervejinha, posso, me pagas, né? Afinal, direitos autorais, é assim que se diz. Espantado? Tenho minhas farofas, li de um tudo um pouco. Conheces *E rilo oscuro*, do Alfredo Varela? Escuta então: "Y *mientras tanto bajaban en majestuosas jangadas; outras tantas vigas llegadas de contrabando desde el Brasil, con una marca que falsificaban en el obrage"*. E *São Miguel*, do Guido Wilmar Sassi, também não? Ouve só: *"Este rio tem engolido gente que não é brinquedo"*. Mais: "A *água não precisa de caminho; ela mesmo escolhe o seu"*. Queres ainda? *"Por vezes era a trégua. Rápida, porém, e logo a seguir recomeçava a luta. Novamente os machados começavam a derrubar as árvores e o estrondear dos troncos em queda repercutia na floresta"*. Garçom! Te falo da minha vida, vais ver, aproveita, me usa, só não falseia. De arrepiar. Anota. Calcurriei montões de caminhos antes de arribar aqui. Andei pelos brasis, pelas argentinas, pelos paraguais, pelos uruguais, conheci terras, me apaixonei pelas águas. Enfrentei passagens duras, a última, a maior, não faz muito. Dela não falo. Não me refiz ainda. Me mutilei. Não quero mas penso: resta um fiapo de esperança, já que o corpo... descobrir, pelo menos, pra ter certeza. Um milagre, dizem que existe. Não demora ela entra, tamos em ponto de balsa, vem me dar adeus, insistir no quero ir contigo, berro NÃO, besteira, te alembra do que aconteceu da outra vez. Que outra vez, me interrogo.

Pra que ficar escarafunchando? Na vida dos outros ou na minha. Eu podia estar como o velhinho, no bembom. Tive tudo quase *en mis manos*. Joguei fora, se evaporou, sumiu. Em farras, no mulherio. Vida desbragada, estás pensando. Bandalha mesmo. Não me queixo. Só constato. Vivi minha vida, tive minhas experiências, meus dias de luxo, meus dias de lixo. Quais melhores não sei. Vivo minha vida. Só lamento, só me recrimino pelo que não fiz ou por não ter podido salvar... Não! Não! Esquece. Merda! Porca miséria! Saber mais? Tens direito. Te conto. Do tamanho da cerveja, das cervejas. Temos tempo. O que queres? Verdades-mentiras, lendas, mitos, fantasias, fantasmagorias, fantasmas que me arrodeiam. Sei, conheço histórias até inventadas que hoje passam por verdades. Passam? Ah, sim, já ouviste, queres mais. *Muy bien*. (Certo, certo, sem enchentes a balsa não tem como sair, fica parada meses. Prejuízo pros donos; mais pros homens que dependem do transporte da balsa pra viver. A espera pela chuva que teima em não cair intranqüiliza. A peonada observa o céu pejado, as nuvens em bandos erradios zombando-zombeteiras. Quando, onde, como — morre afogada uma criança. Logo, a chuvarada pra valer, intensa, dias e noites. A enchente. Foi o começo.)

A reclamada enchente, a ansiada enchente. O ponto de balsa. Os homens se animam. Se preparam. Partem pro confronto com as águas. Assim criou-se a lenda, o mito a fantasia. A verdade. Sei lá, quem sabe, ninguém sabe, todos sabem. Agora te garanto: pro rio Uruguai subir até o ponto de balsa há necessidade de morte por afogamento. Pouco importa seja homem, mulher, criança, moço, velho. Alguns rebatem: criança, de preferência criança. Boatos circulam: já houve afogamentos provocados. Se aconteceram muitos? É possível? Pergunta ali pro velhinho. Quantas pessoas se banham nestas águas durante o verão? Natural que um mais afoito se afogue, ou seja afogado à noitinha. A lenda acaba adquirindo foros de verdade, se torna verdade verdadeira — se o fato se repete mais vezes ou se é inventado com insistência. Tudo se confunde no imaginário popular *y los tiempos* tudo encobrem e apagam.

Yo mismo, eu vi, sim, vi afogados. Um que reapareceu dias depois, longe, inchado, *podrido*, comido pelos bichos, buracos em lugar dos olhos. *Bueno*. Me lembro, as chuvas que teimavam em zombar da gente em pouco inundaram tudo, trazendo pra muitos o pavor, enquanto outros se animam, aprontando-se pra cavalgar as águas no dorso das balsas. *Tengo, en mi vida*, ainda quente, um sumiço. Digo sumiço; não quero aceitar, não me convenço que mor... cadê o corpo!

O velhinho está saindo, olha. *Hombre malo*. Finge que não me vê. Me deve uma viagem, *mucha plata*. Finge. Alegou que faltaram toras. Como iam faltar? Mentira! Colado com um capanga, o mais perigoso. O Cara de Cavalo, matador profissional. Se completam os dois. Um manda, o outro executa. Nada respeitam, compraram a polícia, as leis. Já vais ver como agem. Presta atenção: as balsas são formadas por madeira serrada ou em toras. Cada balsa

O SABOR DA FOME

pode ter entre 300 a 1000 dúzias de tábuas. Quartel é o comprimento da madeira, 5,50 metros. Uma balsa alcança em média 9 quartéis. A amarração das tábuas é feita com arames, bem firmes pra que resistam à força das enchentes. Pra se prevenir, cada firma tem a sua marca, que nem se marca o gado num pasto. *Bueno*. A balsa arrebenta, a madeira continua sendo arrastada até baixarem as águas, encalha numa margem. Fácil ser recolhida pelo dono. As marcas, entendeste? Entende então porque te expus tudo isto: o velhinho compra ou ameaça empregados de outras madeireiras, raspa ou modifica as marcas, manobra a amarração, substitui os arames por outros de menor resistência. Chegaram já a ser descobertos homens do velhinho recolhendo madeiras de outras firmas encalhadas à margem do rio. Reagiram a bala, alegando que estavam defendendo o que era deles. *Perro* maldito. Não respeitam nada. Me deve uma vida. Lúcia. Não! Cuspo em mim, vira esta boca suja pra lá Amélio, demora pouco ela chega, vamos sair, me abraça, me beija, diz toda derretida A-mé-li-ooo, eu brinco, estamos em ponto de balsa minha nega... minha cabeça, ai...

Merda, merda, merda, Amélio de merda, amei ela, *pasión de mi vida paria*, chega desta porcaria de cerveja, garçom, uma canha da braba *che*, me bota aqui uma boa talagada, melhor, deixa a garrafa, preciso, assim não te aporrinho chamando de novo, e pára com essa música de bosta, bota aí um tango, só me lembrar o que fez aquele *hijo de una putana.* Me acompanhas? Ah, queima *pero es muy buena.* Preciso, se não paro por aqui mesmo, não tenho como prosseguir. *Carajo!* Me culpo. Por que fui concordar, me diz, Lúcia insistia, me leva benzinho, vai ser tão bom, não quero ficar longe de ti, nunquinha, a gen-te-jun-ti-nho, depois, quem sabe, uns dias lá no lado argentino, não conheço tenho vontade, ninguém no meu cor-po, só tu, que-ro ser só tua, vais dizer que não te importa me vendo com outro, pois eu fico enciumada quando tu olha pra outra na casa da madame, vai ver tens alguém lá praquelas bandas. Me ganhou pelo cansaço, pela insistência. Não! No fundo eu também queria, estava enrabichado, fico doido, doído por dentro imaginando: ela pode estar trepando com outro, dando pra outro carinho gozo que devem ser só meus.

Tangaço: *"En mi pobre vida paria/Solo una buena mujer".* A primeira vez que escutei este tango foi na casa da madame. Minto. Vi Lúcia pela primeira vez quando na casa da madame tocavam este tango que eu conhecia de bordéis na fronteira argentina, em Corrientes. Era miudinha, doce, macia, rosto de passarinho, uns olhões verde-musgo do tamanho do rosto, voz sussurrada que me envolvia, me imobilizava. História comum: foi descabaçada por um tio quando tinha 14 anos. O tio levou ela prum passeio na praia, comprou balas, uma bruxa de pano que ela namorava há muito, foram jantar, choramingava contando, me lembro que o tio me passou as mãos pelo cabelo, desceu no pescoço, brincou bicando meus seios que mal se notavam do vestido fininho, nem sei explicar o que aconteceu depois. Parava, enxugava uma comprida lágrima, me apertava contra o peito, prosseguia, fui expulsa, queriam que eu explicasse o sangue no vestido, onde estivera, com quem viera pra casa, o tio fazia um ar espantado dizendo deixei ela na porta, andei uns tempos em Florianópolis, depois Lages, sem entender direito, queria morrer, sofrimento mágoa, um dia um caminhoneiro me largou aqui, acabei na casa da madame, sorria pra mim, só contigo passei a saber o que é gozar, só sei o que é ser mulher de homem e compartilhar a vida com ele quando estou contigo, te amo, olha, só em dizer isto me arrepio todinha, vibro toda, me beijava, me chupava, se grudava em mim, gemia e chorava de prazer. Eu também, *carajo*, Lúcia tá demorando.

As voltas que o mundo dá, mundão, *viejo sin fronteras*, de repente deixa de ser *hancho* e se torna tão pequeno. Era-é de Biguaçu, vê só, morava pros lados de um tal de Prado, caminho pra praia de São Miguel, agora dou aqui nesta charla maluca com quem?, um jornalista de Biguaçu, que morava também perto do tal de Prado, só que antes da ponte, vai ver chegaste a conhecer a família dela, tinha uns irmãos da tua idade. Tu que és um cara escolado, vivido, viajado, me explica estas coincidências, vai. Me explica mais: por que ela insistiu tanto e eu acabei concordando pra me acompanhar naquela maldita viagem? A infeliz sussurrava, insistia naquela vozinha de passarinho ferido, me le-va con-ti-go ben-zi-nho, me le-va me-u-A-mé-li-ooo, não queres mesmo uma canha, mano a mano que hás sido *hasta ahora* me ouvindo com paciência, a canha queima mas desce bem, aquenta as tripas, areja a cuca, ouve a cantilena, *rechifláo de mi tristeza*, Lúcia continuava, A-mé-li-ooo não me dei-xa aqui, *soy tu mujer*, me beijava, me lambia, me sugava a língua, me mordia na orelha, las manos viajando por mi corpo, descendo até meu pau já duro, escandia as sílabas, nã-o que-ro nun-ca-nun-qui-nha ma-is me se-pa-rar de ti, te a-mo. *Ah, mujeres, nuestro* paraíso, *nuestro* inferno!

Eu tava no boteco tomando umas e outras, aquentando corpo e quengo, quando o negão Zequinha entrou afobado e me chamou a atenção: olha só a estiada, Amélio, as nuvens tão indo simbora levadas pelo vento, tem inté uma beiradinha de sol, me disseram que lá pra riba, nas ribanceiras pras bandas dos rios Pelotas e do Peixe, a chuvarada continua firme, é bom pra gente se arrancar, tá mesmo na hora de tocar o barco, vamos botar o pé na água.

Concordei, saí atrás dos peões, procurei Lúcia na pensão da madame, avisei, te prepara, logo-logo vamos sair, se tudo correr bem, sem vento contra, daqui de Chapecó até São Borja quatro-cinco dias. E depois, ela perguntou, animadona. E eu: mais um trechinho até

O SABOR DA FOME

Salto, na divisa com Argentina, dali em diante com vento favorável podemos atingir até 60 quilômetros por hora. E ela: que bom. E eu: já que teimas em ir e és de rezar reza pra água não descer muito ligeiro que é pra não entrarmos numa invernada, já estive numa que durou quase seis meses — uma vida inteira, o tempo não passa, escorre gota-a-gota que nem óleo malandro pingando. E ela: daí, que tem, nóis juntinho. E eu: *bueno*, que tem é que temos que ficar ali enfrentando sol e chuva, acampados na própria balsa tomando conta até que apareça outra enchente. Ela sorriu, me disse que bom, tiramos umas férias. Fechei a cara, forcei a barra, aumentei o perigo, as chatices, com o tempo a má vontade dos homens, quem sabe ela desistia. Que nada, se animou ainda mais, não temia os perigos, novidadeira batia palmas feito criança que ganhou um doce, me abraçou, me beijava, dizia ben-zi-nho que booom. Bisbilhotou: o que é uma invernada, diz, já ouvi falar tanto, ninguém explica. E eu lá tinha certeza donde surgira o dianho da palavra. *Bueno*, de inverno penso que não é. Ou é? Vai ver é. Invernada minha nega, dei uma de sabido, pra nós é quando as águas da enchente baixam fora de tempo depois da largada da balsa, obrigando a gente a ficar esperando parado, tendo que amarrar bem a balsa com espias de aço nas árvores ou em pedras à margem do rio. E Lúcia: novidade, quero saber donde surgiu a palavra. E eu: pergunta mais cabulosa, não sou enciclopédia. Sei é que, se por um lado a enchente torna a viagem *posible* e menos *peligrosa*, por outro lado uma descida rápida das águas torna ela mais arriscada se não encontrarmos logo uma boa invernada. E ela: por quê? E eu: passamos a enfrentar situações mais difíceis, como escapar de uma corredeira e cair num precipício, ou ter num *ressorgo* a balsa despedaçada. *Tás* vendo o que vais ter pela frente. Adiantou? Mulherzinha danada. Decidira — e pronto. Largamos pouco depois. Na saída um como aviso: o primeiro acidente, eu devia ter desconfiado. O Jesuíno, peão novato, falseou o pé, pinchou-se da balsa, sumiu, voltou, bracejou, sumiu, me boleei na água e garrei o cujo, uma corda foi jogada, me gadunhei nela, fomos içados.

Nada fez diminuir o ânimo de Lúcia. Caminhava pela balsa, se mostrou encantada com o ranchinho feito no capricho pra gente se abrigar, admirou a trempe em cima do barro bem socado, a fumaça se elevando do fogo onde uma panela prepara um bom feijão. Entusiasmada diz que está com fome, quando vai sair a bóia, logo, né. Digo sim, os peões ainda estão manobrando, cada qual na sua faina determinada, alguns ela conhece, o cozinheiro é meu velho companheiro Zequinha, onde se viu, negão de quase dois metros, mais de cem quilos de carne e músculos, vozeirão de meter medo, gargalhada que estilhaça um copo a metros de distância, chamado Zequinha. Bebe bem, come bem, trepa bem, sabe como

O SABOR DA FOME 123

poucos preparar um charque no feijão ou assado na chapa, um arroz carreteiro, um pirão assustado com farinha de mandioca da fininha, nem sei donde surgia com um peixe na brasa, nas horas mais necessárias aparecia com um mate-chimarrão quentinho pra rapaziada, café com um pingo de pinga, muita canha, canha pra mode de a gente arresistir à chuva e ao frio, até a paúra por que não, cobertor encorajador melhor não há, cadê.

Tocamos pra diante, chuva maneira voltou, nada de vento pra empurrar a balsa, a gente ia só pela força da enchente, o dia transcorreu assim, outro, mais outro, diabo, a viagem ia demorar mais, eu matutava, *bueno*, não tem remédio remediado está. Aí o enguiço, Zequinha quem viu, berrou: Amélio, te aprecata, tem qualquer coisa errada, tamos indo prum ressorgo, vê só a água borbulhando no arredor de nóis. Vi. Me caguei todo de medo, não por mim, primeira vez que enfrentava um ressorgo não era, por Lúcia. Como não prestara atenção, *carajo*, vamos pra luta.

Olhei: cadê os vãos da amarração, eu tão escolado me deixando apanhar feito um principiante, foi a emoção de ver Lúcia na balsa, desta vez me fodi em verde-e-amarelo, tudo isto vinha-não-vinha pro pensamento enquanto procurava uma saída.

Difícil, só vi uma. Gritei: a gente temos pouco tempo, uns minutos, vamos ver se abrimos uns vãos na amarração, se conseguimos umas brechas na madeira, por dentro me interrogava, será que não foi coisa do Cara de Cavalo a mando do velhinho bandidão, mandei dois ou três peões deixarem os remos, peguem machados e facões, tentem fazer uns vãos na balsa, nas extremidades ou no centro pouco importa a essa altura, gritei pro Zequinha, tu fica aí mesmo onde está, pra cabrocha, tu vem pra cá perto de mim, te segura aqui, nesta tábua, bem firme.

Procuro pensar em outra solução, não consigo, nem agora, um branco, minha cabeça, veja só... arde... queima.

Mal deu tempo pra tomar estas providências e somos sugados, tragados, um ressorgo violento, a água fervendo em círculos, as tábuas explodiam que nem pipoca pra todos os lados, os homens procuravam se garrar nelas, iam afundado, sumindo, Lúcia deslizou, afundou, voltou à tona, Zequinha segurou ela, eu também já lutava com um redemoinho, me safei, peguei uma tora que passava, Zequinha me acenou, me esforcei, cheguei até perto deles nem sei como, Lúcia escorregava outra vez, puxei ela pelos cabelos, coloquei em cima de uma tábua com uma quina de ranchinho, fiz um gesto significativo, ela entendeu, se agarrou com força, seus olhos luziam, de pavor ou excitação nem sei, Zequinha foi atingido no pescoço por uma tábua, afundou, subiu, sangue esguichava, afundou, sumiu, também Lúcia agora sumia de diante de meus olhos, já ia lá longe agarrada na tábua, gritou virada pra meu lado, o grito se espalhou pela imensidão, socorro ou

O SABOR DA FOME

Amélio, qual seria, nada mais ouvi, nada mais vi, só o A-mé-li-ooo reboando, a última imagem que se formou na minha cachola foi o ribombo do entrechoque entre a resistência de madeira e a força das águas, ninguém pode com elas, não tem saída, o ressorgo vai puxando a balsa ou o que resta dela pro fundo estraçalhando tudo. Acordei com um lagarto preocupado me olhando, mais atento ao estranho ser que viera parar ali do que ao solão que, lá de cima descendo rente rijo, fervia, expulsava a neblina, mordiscava tudo.

Corpo dormente, lábios ressequidos, febre, sede, não sabia o que acontecera, onde estava, de nada me lembrei. Tentei me levantar, caí, ergui a cabeça, me firmei num cotovelo. As águas haviam baixado bastante, o rio quase em seu nível normal. Num relâmpago tudo me veio à lembrança, vi Zequinha afundando, vi outros homens bracejando, vi Lúcia desaparecendo ao longe, um grito lacinante reboar pela floresta, A-mé-li-ooo. Só de mim nada lembrava. Nada. Como chegara ali. Nascera de novo. Não queria nascer só, preferia voltar atrás, brigar por Lúcia, brigar com Lúcia, deixar ela na casa da madame, trepasse com outros mas continuasse viva, não te levo não, Lúcia.

Me arrastei pra cima, pra longe da água que teimava em me lamber os pés, do lagarto que não parava de me mirar, o corpo doído-mole, será que não tenho nada quebrado, procurei levantar. Além da sede, uma sede de dentro que me queimava, comecei a sentir fome, me revoltei indignado, a vida é forte-exigente. Não tinha nada comigo, só a roupa do corpo seca-grudada, lama nos pés, lama no rosto, lama nas mãos, voltei pra perto da água, limpei o que pude. *Carajo*, a fome aumentou, a sede queimava. Vi perto frutos numa árvore, com uma vara arranquei alguns, mastiguei, sabor ácido, sumo escorreu pelo queixo, aliviaram a fome mas deixaram mais sede, língua travada, temi tomar água do rio, saí, meio me arrastando caminhei em busca de um riacho, uma fonte d'água, água da chuva empoçada numa folha ou depositada no côncavo de uma bromélia.

Para onde me dirigir? Não sabia, não tinha a mínima idéia. Caminhei. Um grito angustiado, vindo agora do fundo das águas, me perseguia, A-mé-li-ooo. Pensei: estou no Brasil ou na Argentina. Pensei: como consegui me salvar. Pensei: por que me salvei? Pensei: mais alguém terá se salvado. Pensei: e Lúcia. Pensei: Zequinha certamente não, a pancada acabou com ele. Pensei: a notícia já terá chegado até Chapecó. Pensei: deu à terra algum corpo. Pensei: quantos dias se passaram. Pensei: muitos não podem ser, fiquei desacordado um-dois-três dias no máximo. Pensei: preciso começar a me mexer, me situar. Pensei: ver se encontro alguma criatura viva que me oriente. Enquanto pensava um vulto se delineava: *delante* de mim o Cara de Cavalo. Tremi de ódio. Sim, ele, foi ele a mando... mas tudo sumia, um vazio, cabeça oca.

O SABOR DA FOME 127

Anoitecia. Precisava de um pouso onde me abrigar. *Bueno.* Perigoso um buraco na terra, uma reentrância numa rocha; possível o alto de uma árvore, num ramo folhudo. Divisei um com espessa galharia, no meio de uma clareira, será que ia chegar até ela antes da noite se fechar. Não era tanto a distância, eram minhas condições físicas, o corpo dolorido, a dificuldade em caminhar, um pé duro, meio me arrastava meio caminhava, voltei a me apalpar, examinei o corpo, não, nada quebrado tinha certeza, por certo só uma pancada mais forte. Foi uma noite de pesadelo, eu me debatia, as águas cresciam envolvendo tudo, queria agarrar Lúcia, afastar o grito, tapava os ouvidos, o grito, o grito, o grito.

Manhãzinha um solão esplendente em contraste com meu ânimo me sacudiu. Acordei, suor pegajoso empapava meu rosto, meu corpo, sede insuportável, escorreguei da árvore, ali perto consegui juntar um pouco de água de uma poça, bebi com goles rápidos sem pensar em contaminação, em doença, primeiro com as mãos em concha depois fiz copo com folhas, perto dali colhi goiabas verdolengas, mais adiante araçá, banana, mamão, jabuticaba. Indeciso do rumo a tomar parei, sentei no chão, chorei pela primeira vez em anos, choro não por mim, como não tinha chorado desde a morte de minha mãe, um choro por Lúcia, pelos peões, por tudo que se fora para sempre, sempre. Reagi. Zequinha com certeza, Lúcia não. Podia ter se salvado. Não estava eu aqui, vivo, são, eu que de nada me lembrava? Enquanto vogava agarrada a uma tábua, a última imagem que retive foi ver ela virada pro meu lado, berrando num berro único que não me larga. A-mé-li-ooo.

Decidi. Comecei a andar. Não sabia bem pra onde. Me guiava pelo sol, pelas estrelas, pela lua. Importante era não me entregar. Sem rumo certo me internei na mataria, a floresta se fechava, bichos espreitavam, me seguiam, pássaros cantavam ou pipilavam, passei alagados, dormi em cavernas, em galhos de árvores, comi raízes, vomitei, comi frutos desconhecidos de sabor áspero, bebi água de riachos, sofri com o solão que me pinicava, inclemente me empapava, com frio das noites que por igual me pinicava, pensei, estou andando em roda feito peru, me sentia febril, amolecido, tonto, um pesadelo se emendando a outro. Por vezes um ânimo sem explicações me tomava, cantarolei, *rechiflao de mi* tristeza, o coro em redor, tris-te-za, nem sei que força interior me fazia prosseguir, via diante de mim Lúcia me incentivando, agora me acena, seu corpo miúdo nu cintila, seus seios que tanto me excitavam cresciam de forma descomunal, barravam a passagem, eu varara entre eles, corria atrás dela, exausto continuava na corrida, ao chegar perto Lúcia se evaporara, subia-sumia, perdia-se lá no alto entre nuvens, ria-chamava vem-vem, um grito agudo que era o mesmo sempre, A-mé-li-ooo.

O SABOR DA FOME 129

Nunca imaginei que os latidos de um guapeca me fizessem tão bem. Devia haver gente por perto. Logo me deparei com a choça de um caboclo. Receoso arrodeei ela, o guapeca continuava latindo, ouvi chamar ele, mais uns passos e vi um velhote de barbicha rala, capinava uma rocinha de mandioca, perto dois filhos brincavam no barro fazendo animais, aves, na cozinha a mulher preparava um café, do fogão a lenha nuvens de fumaça subiam preguiçosas. Levaram um bruta susto quando apareci, eu queria explicar não sabia o que, a emoção ao ver gente, pedi um café bem quentinho, a coisa mais gostosa que tomei em toda minha vida, depois apontei pruma garrafa, me bota uma pinga de pinga, o café descia quente, me aquecia por dentro, pedi mais, enquanto eles me pediam explicação, que explicação, logo uma lombeira boba-boa me tomou, deitei ali mesmo no chão duro de barro batido e dormi, dormi, disse o caboclo que o sol havia aparecido e se perdido duas vezes até eu acordar.

Ai, meu quengo, ai, um estilete varando, da nuca pra testa, da testa pra nuca, vai-e-volta, pobrecito de mi, um silvo, um urro, um grito sempre. Peço, expliquem o que é, não explicam. Quando reapareci o dono da balsa levou um bruta susto, é alma penada do outro mundo, vai-te satanás, é um fantasma, ninguém pode ter escapado, que fazer foi aceitando, queria saber conte tudo, tudo, como consegui escapar, lá sabia eu! Me apontava, dizia,

el hombre este me apareció por la noche, no lo crey, acabou
por me apalpar me aceitando como um ser vivo, passa-
dos uns tempos perguntou, *tienes* coragem para *volver a
las* águas, a las balsas, disse que sim, só o que sabia-gos-
tava *de hacer*. Riu, me levou pra casa dele explicou, não
tenho provas, mas também não duvido que tudo foi tra-
ma do *hombre* mau com ajuda do Cara de Cavalo pra ficar com o madeirame, pouco importando quantas vidas
tivessem que ser sacrificadas.

E Lúcia — era só o que eu queria saber. O corpo,
como o dos outros, não tinha aparecido. Retrucava: *muy
bien*, não apareceu se salvou, *voy* encontrar ela aqui *hoy*,
gritar sua vaca, dar uma surra de criar bicho. Onde se
viu, berro e berro, se tu não tivesse insistido tanto —
ben-zi-nho-pra-cá-ben-zi-nho-pra-lá — e eu bestamen-
te concordando, em lugar de estar aqui jogando conversa fora sabes onde me encontrarias, sabes, no bem-bom
de uma cama quentinha em cima de Lúcia, fuqui-fuqui.
Em todos *los* anos de *mi* vida *paria* não encontrei *mujer*
igual. Nem vou encontrar. Preciso? Vou encontrar é ela.
Uma coisa me diz, me garante. Olha-olha. Está chegando. Entrou. Está ali, parada na porta. Rindo pra mim.
Não de mim. Pra mim. Pequenina, macia, doce. Vem na
minha direção. Licença. Vou ali, digo carinhoso vais ver
o que é bom, abraço bem apertado, levanto de bunda pra
riba dou a prometida surra pra Lúcia aprender a não tei-
mar. Nunca deves insistir com teu homem, ele sabe o

O SABOR DA FOME   131

que é melhor pra gente, pra nós dois... Me viu descon-
fiou. Foge-dispara-some. Sempre assim. Paciência. Fico
na espera pego ela um dia. Pego. Vai ter uma hora se des-
cuida sem conseguir escapar. Juro. É agora. Corro. Vou
atrás de Lúcia. Me espere. Volto logo. Se alembre, vamos
sair amanhã bem cedinho na mudança da lua estamos
com ponto de balsa te prepara vem com a gente, emo-
ção-sensação de varar a enchente domando as águas
ninguém esquece. Ah, sim, *mujeres*, sabes como é, pro
caso de eu me demorar um pouco mais me procura na
casa da madame, todos lá me conhecem, *bueno*, pergunta pelo Amélio, vejo agora que não te dei meu nome
completo, nem precisa, em todo caso aí fica pra uma
emergência, Amélio Bertholdi, um seu criado-amigo.

O homem solitário

Para Walmor Cardoso da Silva

Mirou o relógio. Ficou olhando os ponteiros. Depois as longas veias azuladas do pulso. O pêlo que lhe cobria inteiramente o braço, descendo até os dedos, estava eriçado. Os dedos eram longos, de uma transparência doentia.

Passou a mão pelo braço, numa carícia longa, calma e morna. Queria sentir que ainda estava vivo. Beliscou-se. Como é boa a sensação da vida. Eu tenho a impressão de estar agora, neste instante, nascendo. Aliás, a todo instante me parece que estou nascendo. Que sou outro, possuo outra alma, outra personalidade. Nós somos "outro" em cada situação diversa, em cada minuto que passa. E uma sensação estranha, enervante e ao mesmo tempo doce. Se lembra do bem-estar que sente quando lhe batem, quando o corpo lhe dói. Em pequeno, eu me deixava surrar, ou então me feria, e só assim a vida tomava forma em mim. Por exemplo, agora, somente com este beliscão como tudo já mudou, adquiriu outra fisionomia. A paz, a calma lhe dão uma sensação de acabamento nirvânico, de esgotamento da vida. É preciso que esteja sempre se movimentando, sempre em ação, ou sofrendo, — física ou mentalmente — para perceber que vive. Sempre se sentiu assim. Sempre foi tão estranho, tão só, tão, tão alheio às coisas deste mundo e no entanto tão preso a ele. Um homem que hauria forças de si mesmo, porém sem poder se livrar do meio ambiente, dos outros homens, do contacto das coisas existentes.

Revira-se, lentamente, na cama. Deixa escorregar os olhos pelas paredes. Algumas sombras brincam ao sabor do vento que mexe com as cortinas. A tarde cai. Ele sabe disto, pois o sol já chegou ao canto direito do quarto. Daqui a pouco será noite. Mais uma noite. E com a noite vira a febre.

Porque, em verdade, não é a noite que ele teme. Nem a febre. Mas é o tamanho enorme que todas as coisas tomam, a inconseqüência do ser diante do gigantesco drama íntimo, as fantasias da mente, conjugadas à noite e a febre. Como é que nessas ocasiões as coisas decorrem assim tão rápidas — ou tão vagarosas? Ou nós é que decorremos tão rápidos — ou vagarosos?

Ah! Se me fosse possível ser eu mesmo, deixar de ser esses não sei quantos eus que sou, em certos momentos. Perder a personalidade, a individualidade. Integrar-me de novo no todo que é o único, ser — o todo — Eis aí a solução: "ser o todo."

O SABOR DA FOME   135

Imortalizar-me, não por mim, que nada sou, mas pela própria imortalidade da vida. Nós, que somos nós? Partículas de nada, desprendidas do todo. Quem sabe se não seremos mero reflexo do todo? Uma projeção infinitesimal do todo.

O sol desce mais um pouquinho. A sombra sobe mais um pouquinho. Os grilos e os sapos que iniciam mais um concerto, olho através das cortinas, para fora. As árvores são vultos embriagados, que traçam estranhas geometrias no espaço.

Na mesinha perto, um copo com água. Pega-o. A sede o escalda, lhe corrói as entranhas. Me parece ratos roendo queijo. Sorve a água, primeiro aos goles curtos, depois sofregamente. Mas a água está sempre morna, tem um sabor indefinível, não lhe mitiga a sede. Talvez que não seja a água. Talvez sua sede não seja mitigável. É uma sede interior, não física, da cabeça, uma impressão sutil, nunca antes sentida, apenas que a imaginação constrói. De-modo-que a água não resolve sua situação, é preciso ele se convencer de que "não" está com sede. Procuremos não pensar nisto. Vamos mudar o rumo de nossa imaginação Se eu pudesse...

Se ele pudesse não pensar no caso, transportar-se para uma outra dimensão, viver uma vida puramente automática, sem interferência do trabalho mental. Pois o pior é a mente, que não nos dá um momento de paz, de calma. Mas uma paz, uma calma sem que se perdesse a impressão de vida. Eis o difícil.

Toda a reserva de energia do corpo é encaminhada à mente. Vivemos unicamente em função do cérebro. Às vezes até o enfraquecimento do corpo torna a mente mais lúcida, mais clara, capaz de captar coisas que em perfeito estado não estariam ao nosso alcance; de construir num mundo subjetivo, mundo de realidade objetiva, sim objetiva, e só por nós percebida. Travamos contacto com os menores ruídos, os sons, as próprias cores têm um sentido novo, vivem vibram; as coisas todas mais adquirem também um outro valor, toda a estrutura nossa interna e externa sofre modificações imperceptíveis ao comum das pessoas. E no entanto essa subjetividade é perfeitamente realidade objetiva, poderíamos quase dizer palpável. Ele a sente, ele se transporta para aquele mundo, ele vive nele vidas inteiras de emoção e intensidade inconcebíveis, em minutos. E o martírio da pura vida mental.

Olhemo-lo ali, na cama desarrumada, com o copo ainda na mão. Fixa-o. Percebe-lhe todas as nuances, as minúcias. A rachadura no fundo. O tom azulado, mais escuro numa banda. A pequena lasca que está faltando num canto.

Agora fixemos-lhe o rosto. Ele está magro com os olhos enormes e brilhantes, a barba crescida e preta, dando uma palidez falsa à face. Talvez se se olhar ao es-

O SABOR DA FOME 137

pelho não se reconheça. Muito menos ainda se pudesse se examinar por dentro. Nunca, antes dessa doença de tão pouco dias, foi dado a pensar tanto assim. Vivia simplesmente. Ainda que, muita vezes, idéias loucas e fantásticas o assaltassem e tivesse período de completo esquecimento de si mesmo. Mas agora, o dia todo estirado ali, o corpo sem nada fazer, canalizando tudo para a cabeça, deu em pensar em coisa com que nem sequer sonhara antes. E como se todo o tempo aquilo estivesse latente dentro dele, à espera de uma oportunidade para vir à tona.

Foi agora a vez. A doença ofereceu esta oportunidade. E ocasião de passar em revista, que não sei, tudo que às vezes eu sentia que tentava subir, criar forma, libertar-se, mas que eu recalcava. Que é que eu recalcava?

Aí então me perdia, não consigo coordenar as idéias, compreender o que se passa comigo, antes tudo era — ou parecia — tão fácil, será que com todos os que adoecem se dá o mesmo, ficarei igual ao que era quando melhorar, tenho a impressão de estar outra pessoa sonhando ou num porre enquanto que eu de dentro dela, como entrei não sei se olho para ela, a analiso, é confuso sei, eu dentro de "eu" mesmo que não sou eu, mas que fazer, é assim que sinto...

Corta o pensamento em meio a frases desconexas, fica vazio, sem pensar, ver, ouvir vazio tão-somente. Depois, de vagar, como quem volta de um sono hipnótico, olha pra tudo que o rodeia. As paredes do quarto, a mesinha, dois ou três livros sobre a mesa, a cadeira com o terno azul, os chinelos, a toalha, também não esquecendo o copo d'água e os vidros cheios de remédios nem a cama desarrumada onde jaz estirado, cama sempre desarrumada com os travesseiros e colcha no chão, nem a folhinha atrasada ali em frente, na parede com o seu barrete colorido, e ainda observa o teto, contar as tábuas de um lado pro outro, olhar a lâmpada, as teias de aranha, três pregos em três cantos da parede. De dentro, do resto da casa, lhe chegam sons confusos, passos, vozes indistintas, um ou outro grito, cadeiras arrastadas na hora da bóia; portas que batem. Raramente chama alguém. Eles é que se lembram e o vêm atender. E quando se esquecem, deixa-se ficar inerte, quase alegre. Quando surgem, finge que dorme, se o acordam responde com monossílabos ao que lhe perguntam. Tem ódio, inveja das pessoas saudáveis — como se estivesse ali há anos — que o visitam, lhe perguntam pela saúde, sorriem, dizem que não é nada (morbidamente ele quer se convencer de que está mal, vai morrer de uma hora pra outra etc.), sentam um minutinho ou uma hora com a mesma indiferença, sempre falando uns, outros num silêncio besta, e ao sair dizem todos invariavelmente:

"Estimo melhora. Já está quase bom, pode com outra" ou bobagens semelhantes.

— Queres alguma coisa?

O SABOR DA FOME 139

As palavras lhe parecem vir de muito, muito longe. Ele se vira lentamente, abre os olhos, procura sentar, não consegue, terei entendido, estará mesmo alguém aqui?

— Queres alguma coisa?

Sim, é alguém que lhe fala.

Não, não quero — responde a custo, sem reconhecer a própria voz, onde estará minha voz tão forte, minha voz tão característica? Fala com uma pachorra, uma lassidão, assim como se lhe fosse a coisa mais pesada e difícil do mundo. Nada lhe interessa.

Vê agora que é fraco, o quanto o homem é fraco. Julgava-se o dono, o eixo do mundo, tudo girando em torno dele, todos se locomovendo, trabalhando em função dele. E uma simples doença que ele bem sabe, mas procura fazer que não sabe, e sem maior importância — tudo levou. Onde a confiança em mim mesmo, a arrogância que eu possuía, onde está a fé em mim, no mundo no futuro, que fim levou? A agressividade pedante dos ingênuos e inocentes?

Mas talvez assim seja melhor. A lição: Se lembra de uma frase dum amigo, frase essa de Bertrand Russell e que o outro tomara como o lema: Tristes daqueles que não têm coragem de efetuar viagens na região da dúvida libertadora. Se rira. Agora sabe. Era isto que a ele faltava. "Fazer viagens na dúvida libertadora."

Porém não teria caído no extremo oposto? Não estaria exagerando essa sua busca na dúvida? Então, não existiria nada mesmo, a face da terra que...? Também ele! Esses extremos de seu espírito! Essa...

— Mas então não queres nada? — A voz novamente. Se havia esquecido dela.

— Toma alguma coisa. Assim só irás piorar.

A voz que o alfineta.

— É este o mal dos doentes. Auxiliam a doença. É preciso comer pra se combater o mal.

Sempre a mesma coisa.

— Tomar remédios.

Ainda a mesma coisa.

— Depois este silêncio. É preciso falar, não se reter de mais consigo mesmo.

A voz que não se cala.

— Absurdo se deixar se dominar assim.

As palavras que parecem sair todas juntas.

— Quantomaiscaladomais...

Por um esforço supremo consegue anular a voz. Abstrai também a pessoa que ali está. Se abstrai a si próprio do quarto. Passeia agora num outro ângulo da vida, lá onde só ele pode se ouvir sem se falar.

Às vezes, no entanto, uma dúvida mais forte o domina: Será certo me abstrair assim de tudo?

Pensa na morte. Não sabe por que, pois nada o obriga a tal. Não que esteja pra morrer, essa doença não dá pra tanto. Pensa somente por uma satisfação mórbida, inexplicável. Masoquisticamente.

O SABOR DA FOME 141

Mas pensa na morte, também de uma forma só dele, impessoal, se me compreendem, na morte como se estivesse pensando em pessoa quase desconhecida, a que ele não tivesse amizade nem nada, que em nada o afetaria. Só curiosidade.

Está morto:

O corpo lavado, o terno azul-marinho, os sapatos verniz, gravata azul de listrinha, lenço branco, as mãos cruzadas no peito, flores, cartões, coroas, quatro velas, zunzum, vultos que entram e saem, vozes compungidas, rostos hipócritas, bebericando cafezinho e comentando noite a fora enquanto os homens se contam casos obscenos pra passar o tempo e as velhotas cochilam aos cantos. No dia seguinte o enterro, primeiro passam os amigos carregando o caixão, depois o carro, a chegada, o padre, os coveiros, a espera, discursos exaltando virtudes que ele nunca sonhara possuir, bocejos, vamos visitar as lápides, e enfim a terra caindo sobre o caixão, o nada para ele a volta dos outros, alguns tristes ainda com lágrimas, o resto em bandos alegres. E logo, bem logo, o esquecimento.

A memória dos homens é fraca, o homem não é nada sendo tudo, passa mais rápido que a peste ou a desgraça que ainda permanecem um minuto na memória da coletividade. Mas o homem, "ele", parte do todo, não fica, para que todo possa ficar. Nós vivemos da morte e morremos da vida.

A noite que chega. A noite — a febre. A imortalidade do tempo — a imortalidade da vida. Não do homem. A enormidade pequena de "certo" tempo — seu tempo.

Aperta o computador. A luz jorra inundando o quarto, colhendo a escuridão, acuando-a para fora, para longe. Tira o relógio de pulso, mira os ponteiros, depois a corrente, depois a marca deixada no pulso, coloca o relógio sobre a mesinha. Lembra-se de dar corda. Dá. Coloca-o novamente no lugar.

Passos:

— Agora queres comer?

— Já disse que não.

— Mas precisas!

— Pra quê?

— Pra combater a doença. Já nem remédio tomas. Nunca vi ninguém mais teimoso.

— Não tenho fome; não aturo remédios.

— Mas é preciso fazer um esforço.

— Me deixa, por favor. Não quero fazer esse esforço. Quando precisar alguma coisa chamo.

— Vai-se esperando por isto.

A conversa decorre monótona, pesada. As palavras custam a sair, os dois se tateiam se ela fosse embora, eu...

O plac-plac dos chinelos ressoa dentro da cabeça dele. É ele o assoalho. Está tão encerado. Tem vontade de. É. De. Por que não? Estão passando através dele, por dentro dele. Minha cabeça, minha cabeça, minha cabeça. Rebentar, vai rebentar.

E um martírio. O maior martírio... martírio, o maior.. o... mai...

A palavra, à força de ser pronunciada, perde todo o significado. Não é mais nada, não forma sentido. Esquece-se do que estava pensando. Não sente mais o cérebro, a cabeça, nada. Febre. Delírio.

A paz, a paz do delírio que é a paz do esquecimento, que é a paz do nada no mundo das coisas objetivas. O mais é mera questão de luta no campo do inconsciente. E este ele não sente, pois sendo ele não é bem ele. É uma luta travada nas sombras, nos bastidores. É o homem, não um homem, mas o homem, a vida que luta contra a doença, a morte. E mesmo que um homem, ele, submerja, desapareça, o homem ficará para prosseguir na luta. Às vezes a vida e a morte parecem se definir, tomar forma própria. Mas é mera impressão. Elas estão unidas, entrelaçadas, pois uma é corolário da outra. E sempre viajam juntas, amigas que são, a espreitar para se traírem a qualquer descuido.

Agora, ali, ele, o quarto, tudo o que está dentro do quarto, formam uma entidade única, um ser único num trabalho repetido há séculos, mas que para cada um que por ele passa, lhe parece o primeiro, pois o que nos acontece parece-nos tão extraordinário, tão particularmente nosso, que julgaríamos ser impossível alguém o ter sentido antes, ter acontecido antes.

Outubro/1948

Era igual aos outros

Era um dia comum, igual a tantos outros, banalíssimo, sem nada, mas absolutamente nada de importante. De uma insignificância total. Um desses dias que se perdem no meio dos outros, que não se diferenciam dos demais por coisa alguma e onde nada é possível destacar. Era um diazinho bonito; porém nem mais nem menos do que a maioria. Lembrava essas pessoas que se perdem na multidão, que são ela, não se salientando por coisíssima alguma.

De tarde. Eu estava sentado ali no bar, bebericando uma cervejinha, quando o homem entrou. O bar vazio quase. O homem circunvagou um olhar demorado por todo o local. Depois chegou-se, sentou à minha mesa, com a maior sem-cerimônia deste mundo, não me disse nada, chamou o garçom, pediu um copo, eu só observando, pois sempre me agradaram esses tipos, virou da minha garrafa de cerveja, nem me olhou, bebeu estalando os lábios, saboreando, deliciado. Então começou, assim como quem prossegue uma conversa interrompida inda agorinha.

— Lindo dia, hem, lindo dia! Lindíssimo, belo e bom; generoso dia!

— Mas... quis eu lhe retrucar abismado ante a intromissão, não sabendo que atitude tomar, pois o tipo me estava interessando.

— Veja que sol, que luz, que ar límpido, que...

— Mas...

— Já sei... já sei... O senhor quer ... pois não é?

— Eu...

— Mas se acalme, deixe que lhe explique minha teoria, deixe que lhe conte...

— Contar?

— Quer! Quer! Não é? Vejo, quer!

— Eu...

— Pois é... Foi ontem ou hoje, não sei bem, o tempo esta desaparecendo para mim. Mas foi hoje, sim, imaginemos que foi hoje, torna as coisas mais fáceis, não é, sempre será hoje, só o hoje é, existe. O passado é memória mais ou menos lúcida, é lembrança que se apaga ou fica. O futuro é incógnita e sonho. Por isto repito: só o hoje é. Não concorda?

— Não sei... eu... mas...

Ele porém não permitia completar pensamento ou frase. Interrompia. A princípio fiquei meio assustado. "E se e..." pensei. Eu devia ter chamado alguém e botar esse sujeito pra fora. Depois resolvi deixá-lo falar. Era o que o homem queria. E como eu tinha tempo de sobra...

O SABOR DA FOME 147

Começou:

Acordei cedo, depois de uma noite mal dormida. Veja: Cansado, indisposto, com algo inexplicável querendo surgir. Mas não estranhei. Ao contrário. Há vários dias que me achava assim. Doença. Convalescendo. Levantei-me, percorri a casa, vazia, sem um som, uma voz, o menor ruído. Não sei por que temi aquela paz, aquela casa que se me afigurou morta. A velha que cuidava da arrumação e a enfermeira que me trata ainda não haviam chegado. Só meus passos reboavam na casa. Parei. Silêncio. Lembrei-me de não sei que poeta dos tempos escolares: "E o silêncio se fez completo na mansão da morte". Mas felizmente por pouco tempo. Antes que o medo me dominasse totalmente o silêncio foi quebrado. Eu o senti se quebrar. Com um estrondo assim como se quebra uma barra de gelo. Eu senti, lhe afirmo. Pois lá fora começava a labuta de sempre. Que aos poucos aumentava. Senti-me prisioneiro libertado. Da janela para onde acorri vi os vultos que passavam para um lado e outro. E isto afastou o medo, me deu coragem. Foi uma lufada de ar fresco empurrando para longe a neblina da mente. Aspirei forte. E me senti outro, inteiramente outro. Em tudo. E tudo surgia novo para mim, nascia. Ou renascia. Talvez eu é que estivesse nascendo. Qual será? Eu, assim de repente, via tudo com outros olhos, novos e melhores.

Senti uma piedade imensa por aqueles vultos que passavam. Não me reconhecia mais. De normal sou áspero e rude, ríspido para essas sensibilidadezinhas humanas. O homem, acho eu, deve ser um forte. Só este vence. E merece louvores. Mas nesta manhã eu me encontrava outro. Desejaria gritar ao mundo todo o meu amor recalcado, aliviar-me, ser bom, com os outros meus irmãos do mundo. Calei-me com medo do ridículo. E fiz meu discurso em silêncio, pra mim mesmo. Lá de cima, da janela, olhando o mundo que passava. Minha oração de paz e fé se dirigindo a todas as coisas, rolando em catadupas... dentro de mim.

Fiquei ali, alheado, tonto. O movimento lá fora aumentava. Era a luta de sempre, infrutífera mas bela. Senti inveja dos homens que nada pensam, porém vivem. São os únicos felizes.

Continuava me desconhecendo. Cada vez mais. Quem era esse "eu" que agora surgia? De que mais profundo do subconsciente viria ele? E para quê? Com que finalidade? Um eu inteiramente diverso que sentia piedade e depois inveja dos homens. Se igualava a eles. "Era igual aos outros." Eu. Que estaria me sucedendo?

O movimento lá fora continuava aumentando cada vez mais. E o rumor invadia a casa até nos menores recantos. Saí da janela, entrei, tomei o meu banho costumeiro, fiz a barba, me olhando muito espantado ao espelho. Mas este sou eu? refletia abismado. Me via com outros olhos, talvez mais humanos, estava gos-

O SABOR DA FOME 149

tando da minha fachada, quase digo fachada nova, admirava os cabelos, os olhos, o nariz, a boca, com um carinho novo e bom. Passava as mãos nas faces, sentindo o calor tépido das palmas, a maciez da própria pele. Desejaria que estivesse alguém ali. Simplesmente para lhe falar. Um amigo, conhecido, uma pessoa qualquer para quem eu me virasse e olhasse. Só isto. Ou então uma mulher com quem eu pudesse trocar bobagenzinhas íntimas, dizer pequenas delicadezas, apalpá-la e deixar que me acariciasse. Ninguém. E me lembrei, só então, que a enfermeira não viera me dar a injeção. Nem a arrumadeira tão pouco cuidar da casa. Pensei no por quê. Um minutinho só. Não liguei muito. Logo me esqueci. Não pensava muito bem no que me sucedia. Esse ataque de vida que toma assim de repente que será?

Olhei com novos olhos pra tudo. Percorri o quarto, falei-lhe como se ele me entendesse, da mesma forma que a um amigo íntimo. Que há muito tempo não se vê e agora nos deixa um tanto enleado. Mas a doença me deixara fraco. Senti-me muito cansado, assim de imprevisto, sem esperar, desejoso de voltar a cama e dormir, dormir. Num desalento completo que contrastava com o entusiasmo berrante de inda há pouco. Resisti ao desejo do sono, ao chamado insistente que me fazia. Um medo pânico de dormir e não acordar. Ou pior: acordar e não me encontrar, não encontrar mais esse "eu" novo que tanto me agradava. Forcei-me: expulsei o sono. Despi o eu velho como se despe um casaco antigo e indesejável, incômodo. Queria dá-lo a alguém, esquecê-lo. Ficar com o novo. Mas temia ao mesmo tempo, que esquecendo o velho eu me esquecesse de mim mesmo; não, não me explico bem, não é bem isto, não era de mim, de mim puro e só, mas das várias coisas que me formavam, que eram eu e minha personalidade; esse todo composto de infinitas insignificâncias que forma uma pessoa. Mas ainda não me explico como quero. Veja: Você quer ser esse você novo, mas sem perder o velho. No entanto "não é" o velho misturado ao novo. Tem cabimento? Me diga... Queria fugir de mim, encontrar e guardar esse novo eu, sem me perder.

Será que entende o que digo? Talvez não. Como explicá-lo melhor porém, se eu mesmo muitas vezes não entendo? Mas que digo? Eu entendo! Basta.

Às vezes me parece que sou criança que observa pela primeira vez o mundo e se abisma diante de tudo. Como, porém, se já nasci velho?

Me recordo, recorro ao poeta:
"Nós somos trezentos
Somos trezentos e cincoenta."

E isto me reconforta. Mas só por pouco tempo. Pois não era isto; eu não queria ser estes trezentos nem tre-zentos e cincoenta. Eu seria eu, sendo diferente, sendo um outro em cada situação diversa. Para cada situação nós somos um – "eu"; sendo sempre o mesmo. Os outros "eus" nós mesmos se afastam, em expectativa, à espreita, dando lugar a esse eu que deve agir de acordo com as circunstâncias, mas prontos para intervir, ocupar o posto à menor vacilação. Não era tal que eu queria. Eu queria ficar com esse eu de agora, o novo, que me fazia tão em paz com tudo. Tê-lo como base, como viga-mestra. Queria que desse eu nascessem para todas as situações, à medida que fossem precisos, os trezentos, os trezentos e cincoenta. Entende? Não me julga louco? Mas então me diga: e o outro eu, o antigo, onde fica? E quem estará aqui falando agora? Qual dos dois sou eu neste momento?

Com tais elucubrações doidas a cabeça me ardia. Não se esqueça que eu estava fraco da recente doença. Então já começara a fazer trapalhada. Confusão. E tudo era por vezes tão lógico quanto em outras absurdo. Dei em percorrer a casa, procurando paz pelo esgotamento, já agora desejando o sono que se negava. Dormir. Esquecer. Dormir mesmo que não acordando. Ou acordar esquecido de tudo. Não dormi. Nada adiantou me forçar. Falei comigo mesmo, com as paredes, os móveis, os livros, todas as coisas que me rodeavam; olhei para os lados, à procura do antigo estado de ânimo — antigo e tão novo — esse que inda há pouco tanto me agradara, mas que, covarde, se fora, cedendo lugar ao antigo dono. Chamei-o de novo, intimei-o. Ele voltou presto, se postou ao meu lado, me tomou pela mão, me conduziu, tomou conta de mim. Recebi-o alegre, como a uma amiga muito querida — deixei que fosse eu.

Penso que neste ponto já delirava. Pois veja: Estávamos num restaurante de luxo. Onde tudo era diáfano e belo. Onde tudo pairava no ar: as coisas aconteciam só em as imaginarmos. Sentei-me para comer alguma coisa. Pedi iguarias finas, me ofereci vinhos caros em cálices de cristal muito longos, desejei coisas absurdas, me tratando com estranha delicadeza, com atenção infinita. Eu recusava; só para ter a satisfação de me oferecer de novo, me obrigar a comer e beber. Belisquei somente. Num fastio, num enfaramento completo. De quem tem tudo e não sabe o que fazer. De quem tem todos os desejos satisfeitos e por isto vive numa completa desilusão. Num tédio mortal. Que fazer? Que tentar? Nada. E então fiquei ali estirado na poltrona ouvindo a música que se evolava dos instrumentos invisíveis, fininha e cariciosa, criando forma. Se materializava. Era um vulto feminino como outro não pode haver que se foi chegando maciamente, se me oferecendo. Mas continuava sendo só música que me entrava pelos olhos. Eu queria avançar...

Então neste ponto voltei do devaneio, me vi no quarto, muito ridículo no meu roupão de cores berrantes, a estender os braços. Ergui-me, fui à cozinha preparar o meu modesto café com pão e manteiga. Não comi. Não sei por quê. Encontrava-me farto.

Uma felicidade estranha, completa e dúbia, desceu sobre mim, me possuiu. Sim, não faça esses olhos arregalados, não fuja. Digo dúbia por falta de termo melhor, é que não sei como explicá-la. Não era dessas nossas felicidadezinhas comuns de todo dia. Não! Era algo muito mais complexo. Fiquei-me a perambular pela casa, longo tempo, dum lado pro outro, a mexer aqui e ali, a olhar uma coisa e outra. Uma ânsia de não sei bem o que me dominou. Vi-me tolhido. Fiz um esforço temendo. Lufadas rápidas de felicidade e desespero me visitavam. Vinham e se iam quase em seguida, sem me darem tempo nem para respirar. Pensei enlouquecer. Era um rodamoinho na minha cabeça. Que aumentava, aumentava sempre mais e mais de velocidade. Apesar da fraqueza aprontei-me e saí. E deixei para trás, com a casa, todos os complexos. Ainda quiseram me acompanhar um bocado, mas eu não lhes permiti. E ficaram lá no portão, no outro mundo, me chamando, gritando, a estender os braços ansiosos...

O dia me pareceu belo como nunca. Olhei o sol, as aves que voavam no céu azulado: vi, parecendo-me que era pela primeira vez, as árvores com seus ramos abertos e erguidos para o alto, em perene súplica; mirei as casas que se alinhavam muito pacholas e satisfeitas da vida ao largo das ruas, todas se protegendo umas às outras; admirei tudo que vive e está. Os homens me pareciam todos irmãos, a andar ali pelas ruas, com suas fisionomias tão puras, onde não se diria escondiam nada. Os sentimentos à flor da pele, a se auxiliarem mutuamente, sem falsidades nem egoísmos. Desejei viver com eles, falar-lhes, adquirir essa alma coletiva da multidão, sempre tão simples e boa. Eu me sentia ingênuo, irmanado a todos. Mas eles passavam apressados. Sem me ver, sem me prestarem a menor parcela de atenção. Com a inconsciência das multidões. Você já notou que na rua ninguém se vê! São todos cegos e mudos. Mas atentos ao menor rumor e prontos a comentá-lo. Por que será? Vivemos isolados em meio à multidão; e quanto maior esta é, mais isolados nós estamos. Nossos anseios de compreensão se perdem como uma gota d'água no oceano.

No entanto, acho, todos deviam se deter, trocar abraços fraternos, falar, dizer o quanto é belo estarem unidos, uns juntos aos outros. Os homens deviam parar, observar a natureza, a si mesmos, rir com os demais. Por que terão esquecido o riso? Porém eles passavam, indiferentes, despreocupados com os seus dramas. Esquecidos de viver. Automatizados, mecanizados. Veja: choro. Não me envergonho. Pois o que me faz chorar é ver que os homens se estão transformando em meras máquinas. Máquinas de comer, dormir, sofrer, chorar, lutar, sonhar, amar, tudo. Eu me perdia em meio à maré humana. De homens máquinas. Bracejava por me fazer entender, me libertar. Em vão. E fui me deixando levar não sei por quanto tempo. Até que por fim consegui me livrar com muito custo. Mas verdade verdadeira, eu já não me preocupava muito. Depois de certo tempo, bem entendido. Via a inutilidade de tudo. Me convencera. E por isto, à margem, parado, deixava-os passar; olhava-os complacente e compadecido. Eram meus irmãos extraviados nos meandros do mundo e de seus egoísmos. Senti infinita piedade, lamentei que eles não parassem um minutinho só para meditar, não vissem a vida. Mas pensei: eles a vivem, eu a vejo. Qual será o melhor? Dúvida. São máquinas que vivem a vida; eu sou máquina pensante, que penso a vida.

E agora já era o antigo eu que mandava, tendo o novo se afastado. Depois de uma luta travada no meu íntimo enquanto caminhava pelas ruas da cidade. Quem me olhasse nada notaria. Eu era uma pessoa comum, igual às outras, que me perdia no meio das outras, que não me diferenciava por nada, mas absolutamente nada; um tipo até meio vulgar, entroncado, com ares de gorila. Pensei: com quantos não se dará o mesmo? Aquele senhor que passa ali, que é "multidão", quem sabe se ele também não terá os seus dramas íntimos, os seus complexos, a sua tragédia? Que não esconderá debaixo daquele ar tão burguês e pacato? E então de novo via tudo sob outro aspecto. Notava que "a multidão" é composta de indivíduos como eu talvez, como aquele senhor que passava ali. E essa coisa tão simples era o meu ovo de Colombo.

Chamei de volta o "eu" novo. Despedi o velho metido a filósofo. E veio o novo. Veio e viu a beleza da tarde, o sol, o vento e as árvores, os pássaros, a terra boa, os homens irmãos. Você já imaginou os homens deixando as preocupações, deixando as cidades com seus tumultos e ar viciado, sendo menos formiga e mais cigarra, vivendo calma e pacificamente. Mas não, vejo, você é cético e cínico, você não imaginou tal coisa nem imaginará jamais. Nem isto que quero se dará jamais, concedo. Mas não custa imaginar. Ria. Você é como o meu outro eu. Como os homens. Me julga doido. Me chame utópico a sonhador. Vamos. Talvez eu o seja. Quem sabe. Mas prefiro minha loucura à sanidade de você. E não me retruque. Não me contrarie. Estou com a razão. Sei. Por que ri? Veja: Sou 2; sou duas vezes trezentos, trezentos e cincoenta. São duas forças adversas atuando em mim, se atraindo e rejeitando. Repulsa. Ambas as duas querem mandar. Mas lutam sempre, se divertem me torturando... E eu não quero perder nenhuma das duas; ao mesmo tempo que as odeio. Percebe? Não, estou vendo. Você com sua pacatez bem burguesa e feliz não tem dramas; não me acredita. Pensa que estou brincando ou delirando. Me atura por compaixão. Acha que estou me contradizendo e a falar bobagens. Você só acredita nas coisas concretas, palpáveis, objetivas. Mas lhe juro: Também o que trazemos dentro de nós, as coisas mentais, são concretas, palpáveis e objetivas. Tanto ou mais que as físicas. Lhe explico: Eu...

Junho/1949

Este livro foi composto na tipologia GoldOlSt Bt,
em corpo 12,5/17, e impresso em papel
off-white 90g/m² no Sistema Cameron da
Divisão Gráfica da Distribuidora Record.

Seja um Leitor Preferencial Record
e receba informações sobre nossos lançamentos.
Escreva para
RP Record
Caixa Postal 23.052
Rio de Janeiro, RJ – CEP 20922-970
dando seu nome e endereço
e tenha acesso a nossas ofertas especiais.

Válido somente no Brasil.

Ou visite a nossa *home page*:
http://www.record.com.br